舆稼细語

增订版

蔡铭泽　著

暨南大學出版社
JINAN UNIVERSITY PRESS

中国·广州

图书在版编目（CIP）数据

兴稼细语/蔡铭泽著. —增订版. —广州：暨南大学出版社，2015.6
ISBN 978 - 7 - 5668 - 1489 - 0

Ⅰ.①兴… Ⅱ.①蔡… Ⅲ.①作品集—中国—当代
Ⅳ.① Ⅰ267

中国版本图书馆 CIP 数据核字（2015）第 138041 号

出版发行：暨南大学出版社

地　　址：中国广州暨南大学
电　　话：总编室（8620）85221601
　　　　　营销部（8620）85225284　85228291　85228292（邮购）
传　　真：（8620）85221583（办公室）　85223774（营销部）
邮　　编：510630
网　　址：http：//www. jnupress. com　http：//press. jnu. edu. cn

排　　版：广州市天河星辰文化发展部照排中心
印　　刷：佛山市浩文彩色印刷有限公司

开　　本：850mm×1168mm　1/32
印　　张：8.875
字　　数：192 千
版　　次：2012 年 2 月第 1 版　2015 年 6 月第 2 版
印　　次：2015 年 6 月第 2 次

定　　价：30.00 元

作者简介

蔡铭泽，1956 年 11 月出生，湖南岳阳人。暨南大学教授，博士生导师。本科和硕士研究生毕业于湘潭大学，获历史学学士学位（1982 年）和法学硕士学位（1987 年）；博士研究生毕业于中国人民大学新闻学院，获法学（新闻学）博士学位（1993 年）。先后在湘潭大学、中国人民大学、广州师范学院、暨南大学任教。曾任广州师范学院新闻传播系主任、暨南大学新闻与传播学院院长。已发表学术论文近百篇，出版专著 6 部，主编教材 1 部，参撰专著与教材 6 部。其中，《中国国民党党报历史研究》（团结出版社 1998 年 9 月出版、2013 年再版，台湾花木兰文化出版社 2013 年出版）、《新闻传播学》（暨南大学出版社 2003 年出版，2007 年修订本，2009 年第三版，2014 年第四版）、《〈向导〉周报研究》（福建人民出版社 2004 年出版）、《兴稼细语》（暨南大学出版社 2012 年出版）获学界与读者好评。教学科研之余，将为人、处世、读书、治学、为文、书翰之心得著述为文，在《南方日报》《羊城晚报》《广州日报》等报刊发表。此类文章，言简意赅，文辞考究，粲然可观。

蓋文章經國之大業不朽之盛事年壽

有時而盡榮樂止乎其身二者必至之常

期未若文章之无窮是以古之作者寄

身於翰墨見意於篇籍不假良史之詞

不托飛馳之勢而聲名自傳於後

乙未之春興稼蔡銘澤書

兴稼细语

　　"兴稼"者，兴盛之庄稼也。云梦古泽，荆楚丘陵，有小山村"书稼冲"者存焉。盖闻先祖书香传世，农耕谋生，地名含有耕读为本之义。作者生长于斯，魂牵梦萦，丝毫未敢相忘。佳名惠我，好学喜文。每于教学、科研或行政之余，辄将为人处世、读书治学与文墨书翰之心得著述发表。此类小品文从现实生活出发，谈天说地，论古道今，集思想性、知识性、趣味性和可读性于一体。寒来暑往，日积月累，竟数十篇，蔚然可观。于是，不揣冒昧，细加剪裁，精心摘录，编辑出版。

　　"细语"者，细雨也，微言也。余之生也贫寒，及其长成卑贱。然少怀壮志，常思有所作为。奈何时运多舛，资质愚钝，事功碌碌，教学、科研和行政，均无大成。其人也微，所言者轻，未可示人。然"诗圣"杜甫有云："好雨知时节，当春乃发生。随风潜入夜，润物细无声"。仿效先贤，附丽雅趣，愉人悦己，不亦乐乎？

　　书分八辑，内容如次：第一辑"天命可畏乎"，收录小品文9篇，主要围绕天人之际即人之自身及其与外部环境之关系展开议论；第二辑"人生三境界"，收录小品文15篇，主要从作者个人见闻出发探讨为人处世之道；第三辑"书到用时方恨少"，收录小品文9篇，主要为作者读书、抄书和用书的心得体会；第四辑"为文必有英雄气"，收录小品文10篇，主要为作者为文著述的心得体会；第五辑"新闻细语"，收录小品文 10 篇，均为作者治学特别是新闻传播学研究方面的心得；第六辑"书翰淋漓在此间"，收录小品文 9 篇，主要表现作者近年醉心书道、勤练苦习、细辨明思之心得；第七辑"建阳千秋梦"，收录散文、游记等 11 篇，主要为作者思念宗亲、依恋故土与畅游外邦之见闻，其中特别收录《先父从军记略》一文，以尽人子孝亲之道；第八辑"著述序跋录"，收录作者历年所有著作之后记及为友人著述所作序跋等共计 20 篇。上述各类文字共计 93 篇。全书最后，附录作者历年著述目录一览表，于此大致能反映作者治学之心路历程。

上述文章，内容各不相同，观感因时而异，难以尽善尽美，唯大致分类，并以写作时序编次。然其为文也，选题新而奇，旨趣高而远，文辞质而朴，篇幅短而精，心致专而勤。诵读之下，略能见其为人处世之道，窥其格物致知之理，察其为文书翰之法。教化之功，岂敢奢言？心香一瓣，奉献真诚。若能悦君子而就有道，则斯愿足矣。

感谢陈初生教授题写书名，他的书艺为本书增添了光彩。

本书出版得到暨南大学新闻与传播学院资助，在此深表谢忱。

蔡铭泽
辛卯之冬识于广州松泉居
乙未之春修订于暨南大学兴稼轩

目 录

第三辑　书到用时方恨少

第四辑　为文必有英雄气

第五辑　　新闻细语

第六辑　　书翰淋漓在此间

第一辑

天命可畏乎

天命可畏乎

二〇〇八年，中华民族苦乐交加、悲喜备尝。奥运盛典，神舟飞天，千百年梦想终成现实，喜之至也。冰灾肆虐，汶川地震，千百万生灵惨遭涂炭，悲之极也。大喜之时，举国欢庆，齐声称颂，天佑中华。大悲之中，遍地哀恸，万众祈祷，天佑中华。天乎天乎，为祸为福，转瞬变幻，神秘莫测。世人于此，徒兴浩叹，无能为力。天为何物？天有命乎？天命可畏乎？吾人于此，实有探究审思之必要。

天者何物？许慎《说文解字》谓："天，颠也，至高无上，从一、大。"又段玉裁《说文解字注》云："颠者，人之顶也，以为凡高之称。……亦可为凡颠之称。臣于君，子于父，妻于夫，民于食，皆曰天是也。"由此可见，所谓"天"者，其本意乃人之头顶，凡超出人之头顶部分均属天之范畴。人委身于天之下，包容于天之中，时刻感受天之庇护与眷顾，不断赋予"天"以人格化和神秘化的力量。于是，"天"便有了自己的意志，并且成为万物之主宰。

既然"天"有意志，则必有所谓"天命"。命者，令也。天命者，天之令也，天之所以命哲理、命吉凶、命历年、命万事万物演化之循轨也。《尚书·周书·蔡仲之命》云："皇天无亲，惟德是辅；民心无常，惟惠为怀。"此为先民引述自然法则为道德意志，以为人们遵循天命而善尽人事之训诫。究其本意，所谓"天命"者乃为自然演化之规律，似与人命无涉。然而，人为自然之产物，生存于天地之间，天命毕竟依赖于人命来体认。于是，天命人命密切相关，天人之际，不可不究也。由是以进，人们逐渐以人意附会于天命，以天命牵强于人意。汉儒董仲舒主张天人合一，天人感应，并以阴阳五行之说附会于天命。他说："天亦有喜怒之气、哀乐之心，与人相副，以类合之，天人一也。"此论一出，世道丕变。帝王挟天子之命而独断专行，小人托谶纬之词而蛊惑人心，黎民沦愚昧之域而俯首帖耳。于是乎，专制独裁遂至深固不摇。罪耶功耶，董氏肇其端也。

天既有命，天命可畏乎？对此，人们做出了两种截然相反的回答。孔子虽然不谈鬼神之事，但主张敬畏天命。他说："君子有三畏：畏天命，畏大人，畏圣人之言。"与此相反，北宋改革家王安石却公开宣示："天命不足畏，祖宗不足法，人言不足恤。"以革故鼎新之勇气而论，荆公此言足以振聋发聩，激越千古。然其置天命与人言，尤其是置众人之言于不顾，则显然失之偏颇。

天命之所以可畏，盖因天命之强悍与人命之脆弱耶。天命之赐福也，大地安宁，碧海静波，日晶月洁，风调雨顺，五谷丰登，国泰民安。天命之肇祸也，日月无光，天昏地暗，山岳崩裂，江海咆哮，瘴疠横行，生灵涂炭。天命强悍，为福为祸，变幻莫测，一至于此，为之奈何？人自诩为万物之灵，然其认识与生存能力毕竟有限。在强悍无比且神秘莫测的天命之前，人命如此渺小和脆弱，以至于其吉凶祸福、生死存亡竟一决于天。如此渺小与脆弱之生灵，欲生存于天地之间，理应顺从天命，且知天命而用之。奈何，屡有狂妄之徒，每每以人定胜天为借口，逆天命而行之。他们或者大兴土木，或者堵绝江河，或者崩裂山冈，或者毒化空气，结果破坏自然，招致灾祸，重苦民生。此类行径看似豪情壮举，实则自绝生机，自速其祸。有鉴于此，老子早就告诫人们清静无为，依道而行。他说："天得一以清；地得一以宁；神得一以灵；谷得一以盈；万物得一以生；侯王得一以为天下贞。其致之也，谓天无以清，将恐裂；地无以宁，将恐废；神无以灵，将恐歇；谷无以盈，将恐竭；万物无以生，将恐灭；侯王无以为贞而贵高，将恐蹶。"依此而言，天命可畏，决非虚言耳。

（原载《汕尾日报》，2008 年 7 月 31 日）

三种时间观念

时间者，物质存在之形式、连绵不绝之系统也。自晨至昏，昼夜不舍，寒来暑往，四季纷呈，古今嬗递，瞬间永恒。时间之于人也，心能感而身莫能及，玄乎哉，玄乎哉！然而，细加思量，人们之时间观念约可细分为三。此三者，一曰自然时间观念，二曰历表时间观念，三曰历史时间观念。

所谓自然时间观念者，人与动物意识中时间之自然流转也。例如，日月之轮替，寒暑之相继，四时之易位，此皆循环往复者也。此种时间观念着眼于时间之线形流转，仅强调"过去"和"未来"，基本上没有"现在"。于是，人们容易产生"永恒的过去，无限的未来，短暂的现在"之错觉，从而陷入虚无缥缈之幻境。持此时间观念者，听任时间之自然流转，忽略现时之创造，仅能被动求得简单之生存，难以主动寻觅发展之契机。

所谓历表时间观念者，人文社会之发展在人们意识中之反映也。例如，阳历、阴历、沙漏、打更、钟表等，此皆人为规划之计时者也。此种时间观念意在用人文历法来把握现在，帮助人们求得更多发展机遇。历表时间观念立足于现在，强调一个"本"字，如本日、本月、本年度、本世纪等。由此，人们有了确切的时间与空间观念，便能总结过去，把握现在，开创未来。然而，此种时间观念仍然囿于线形时间之思考，难以预测未来发展之趋势。故此，若仅以此种时间观念指导人生与社会之发展，则永远无法窥测人生与社会之真谛。

所谓历史时间观念者，人们全方位思考时空关系、探究历史发展规律之谓也。例如，总结过去，把握现在，预测未来，此皆三位一体、时空交错、立体流变者也。秉持此种时间观念者认为，"现在"由"过去"发展而来，"现在"且预示着"短期未来"之发展。故"现在"为"过去"与"未来"之连接点，是人类社会历史发展之支撑也。人们现在之决定乃根据过去之经验做出，亦将影响未来之发展。于是乎，历史时间观念便将"过去""现在"与"将来"有机联系在一起。由此，人们便有了科学决策的依据。正因为如此，人们才能正确总结历史经验，科学规划未来发展，自觉推动现实进步。

自然时间观念、历表时间观念与历史时间观念，均是人类为把握与利用时间、求得生存与发展而创造之标识也。此三者，前后相继，高低有致，未可等量齐观耳。一个人如果仅停留在第一、二两个层次的时间观念之上，只能被动地应付时间之自然流转，无法科学地预测未来之发展趋势。只有在第三个层次，即历史时间观念上把握时间的人，视角才会独到而犀利，思域才会广阔而舒展，从而才能发现常人因熟视无睹而易被忽视的危机，并做出科学的解释和采取合理的对策。

（原载《广州日报》，2007 年 4 月 19 日）

生存与发展： 传播双循环

生存与发展是个人和社会面临的两项永恒主题，而传播在其中担负着重要的使命。

传播者，人类信息交流行为及其方式之谓也。人类社会信息交流中，存在着亲身传播、人际传播、组织传播与大众传播四种传播形式。概而言之，此四种传播形式，又可分为内在传播与外向传播两种类型。所谓内在传播者，乃个人体内传播，亦为个人内在思维活动之谓也。个人通过眼、耳、鼻、舌、身等感觉器官接触外界事物并感受外界信息刺激后，必然进行认知、辨别、选择、理解和利用等一系列思维活动，并由此建立内在思维循环系统。所谓外向传播者，乃个人与个人之间、个人与社会之间，通过人际传播、组织传播和大众传播形式所进行的信息交流活动，以及由此而建立的个人与社会之间的信息交流和反馈系统。

就个人而言，健全的内在传播系统是其维持生存的基本保障，良好的外向传播系统则是其追求不断发展的必要条件。健全的内在传播系统能够帮助人们冷静地审视和过滤外来信息，吸纳、消化、利用和存储有利信息，并舒缓外来信息所施予的不利刺激，使主体保持心态平衡。良好的外向传播系统可以帮助人们敏锐地捕捉一切有利的外部信息，并将自己所持有的资讯、意见、经验和态度与外界交流，从而将内在传播系统与外向传播系统有机结合起来，由此构建良好的人际关系，使个体和外部世界处于和谐共振的状态。一个人如果同时具有健全的内在传播系统和良好的外向传播系统，并使它们良性互动，则其生存与发展无忧也。一个团体或一个社会如果同时具有健全的内在传播系统和良好的外向传播系统，并使它们良性互动，则其稳定与繁荣必定实现。

但是，现实生活之中，同时具备这两种健全而良好的信息传播系统的个人与社会为数不多。《易》云："天地不交而万物不通也，上下不交而天下无邦也。"正是由于内外传播系统不畅通，个人往往乐极生悲，社会往往动乱相继。君不见，多少中小学生因学业重负而离家出走；君不见，多少天之骄子为迷情所困而高楼坠地；君不见，多少影视明星为盛名所累而香消玉殒；君不见，多少高官显爵为贪欲所诱而身败名裂；君不见，多少政团王朝因戕民以逞而分崩离析。内外信息传播系统之不畅，其危害竟至于此，岂不悲哉？此类悲剧一再上演，昭昭在目，震撼心魄，贤明君子不可不细察而深省也。

天地悠悠，时序绵绵，生命脆弱，理应珍惜。珍惜之道，生存与发展，传播双循环也！

（原载《广州日报》，2007 年 5 月 1 日）

人际网结

　　"文革"十年，季羡老饱受折磨，人际交往尽失，精神几近崩溃。有《牛棚杂记》记其事：先生以牛鬼蛇神之身，甫出牛棚，邻人视若瘟神，避之唯恐不及。先生回忆道："进商店买东西，像是一个白痴，不知道说什么好。我不敢叫售货员'同志'，我怎么敢叫他们'同志'呢？不叫'同志'又叫什么呢？叫'小姐'，称'先生'，实有不妥。结果是口嗫嚅而欲言，足趑趄而不前。一副六神无主、四肢失灵的狼狈相。"

　　如是我闻，在人们日常生活之中，存在着无形的人际交流网络。其中，每个人因各自身份、地位和职业的不同，而处于不同的交结点之上。此类结点，反映人们之间的相互关系，形诸人们相互之间的称谓，决定人们相互之间的交往态度及其亲疏程度，是谓人际网结。以此人际网结为中心，由近及远，生发开去，则为家庭、为单位、为社区，为社会也。由此，人们相互结成家人、亲友、邻里、师生、同学、同事、同行、领导、员工等诸种关系。人海茫茫，关系重重，交融互通，社会无形之巨网成矣。处此社会网络之中，个人显得多么渺小，多么脆弱！因是之故，个人欲求得生存与发展，必须依从并屈服于社会网络。依从与屈服之道，端在建构与维护个体在此社会网络中所处之人际网结。通过此种人际网结，个人可以连通亲人、亲和同事、交结朋友。于是乎，亲情、友情与爱情俱至，阳光、雨露伴沃土常存。如此，个人之生存与发展，可以无忧矣。反之，人们若迷失或损毁固有之人际网结，则顿感失落，虽身居闹市，举目皆为路人，无异流落荒野。于是乎，茫茫然不知其所向，闷闷兮难以终其日。如此，个人之生存与发展，必然遭受困厄。

奈何人情乖张，世路崎岖，此类窘迫，每每多有发生。人们往往容易损毁或迷失自己固有的人际网结，而陷入迷茫与困顿之中。每际于此，困苦将会降临，人生遭遇挑战，网结面临废弛。然而，有无之相生，难易之相成，正反之相合，新旧之相因。旧有人际网结之崩坏，抑或恰为新型人际网结萌动之先声。处此迷茫困苦之中，世态炎凉昭显无遗，真情假意毕露眼底，自我反省清夜锥心。于是乎，认知趋于真切，品性臻至纯和，网结亟待重构。

人际网结重构之道，在乎亲情之慰藉，在乎友情之交流，在乎爱情之滋润，更在乎自身学识之充盈与人格之弘毅。然而，学识充盈与人格弘毅何由而得？曰唯读书而已矣。夫书籍者，知识之载体、智慧之源泉、人地生之挚友也。平常之时，若能习而诵之，可以明事理，可以长见识，可以增智慧。困厄之中，若能捧而读之，更觉有如良师益友，可以随时畅谈，可以推心置腹，可以茅塞顿开。于是，心绪得以安宁，学识得以充盈，品位得以提升，人格得以完善，人际网结得以重构矣。人生至此，可谓凤凰涅槃，浴火重生，美好生活重开新局。

人际网结，似乎缥缈而不可见，实则与每一个人须臾而不可离，值得珍视，值得维护，值得重构，值得从中汲取连绵不绝之智慧。

（原载《广州日报》，2007 年 12 月 3 日）

苦难是一所大学

时下，社会转型，各行各业竞争激烈。产品竞争、营销竞争、品牌竞争、创意竞争，乃至衣食住行、职位升迁、政权更替亦有竞争。竞争无处不在，无时不有。然而竞争之主体，人也，故人才竞争乃竞争之本。人才之所何出？曰：苦难是一所大学。

天地广阔，人生其间，艰难跋涉，渺无徼焉。《周易》于乾卦、坤卦和屯卦之后，即列蒙卦。此何故也？蒙者，难也。天地初开，人生降临，迷蒙混沌，苦难随之。由此可见，大凡人生在世，必经艰苦之磨难，然后方能有所成就。此乃天造地设、势所必然、人所不能幸免者也。

劳苦大众，终日劳作，养家糊口，犹感未足。若遇凶年，更有衣食之忧。如是，岁积月累，贫穷相逼，何曾一日无忧耶？至若豪富之家，锦衣玉食，似无困苦之可言。然其逐利之心不已，欲望之壑难填，更加习性享成、腐化堕落，难免坐吃山空、乐极生悲。是以贫富不论、贵贱不分，人人皆有顺逆，家家苦乐相随。此乃人生之常态、世道之常理也。

苦难随时都有，无处不在，人人皆有可能遭而遇之。谚云："天有不测风云，人有旦夕祸福"，此之谓也哉。其实，艰难困苦并不可怕，全在当事人如何应对耳。若平庸邪闲之辈，遽然遭遇而惊慌，颓然叹息而失措，甚或装神弄鬼，终至一蹶不振，为苦难所吞没。若强健高洁之士，虽遭重创而精神不乱，面临困苦而意志弥坚。假以时日，否极泰来，苦尽甘来，又是瑞丽艳阳天，正可遂其青云之志。故老子云："祸兮福之所倚，福兮祸之所伏"。此乃千古不易之真言也！

大凡物不得其平则鸣：草木无声，风扰之鸣；水之无声，风荡之鸣；金石无声，或击之鸣。人之于言也亦然，有不得已者而后言之，于是愤发为文，流传久远。唯其如此，苦难可以涵养浩然正气，孕育卓越英才，成就辉煌人生。面对苦难，孟夫子勉励人们："天将降大任于斯人也，必先苦其心志，劳其筋骨，饿其体肤，空乏其身。行拂乱其所为，所以动心忍性，曾益其所不能。"身披腐刑，太史公司马迁隐忍苟活，发愤著述，终于成就千古不朽之《史记》。由是，太史公深切感叹："古者富贵而名磨灭，不可胜记，唯倜傥非常之人称焉。盖文王拘而演周易，仲尼厄而作春秋，屈原放逐、乃赋离骚，左丘失明、厥有国语，孙子膑脚、兵法修列，不韦迁蜀、世传吕览，韩非囚秦、说难孤愤，诗三百篇，大抵圣贤发愤之所为作也。"宝剑锋自磨砺出，困苦艰难显英雄，此乃人才成长不二之途径也。

人生皆有苦难，苦难成就人生。或曰，生命不逝，苦难不止；苦难不止，奋斗不息。此何故耶？著名画家吴冠中云："作画亦如人生，痛苦未有已时。盖作品之产生，无异于生命之孕育。十月怀胎，一朝分娩，痛苦之至也。"作品之成形，必有满意与遗憾之别。面对遗憾之作，悚然见其短而改正乏力，自然痛苦。若属满意之作，欣慰之余，则又会产生新的创作欲望。于是，怦然心动而孕育新生，无异于反复自我折磨，新的苦难亦随之而至。如此循环往复，人生苦难，永无了结之日。然新的痛苦意味着新的希望，新的希望激励新的创造，新的创造孕育新的成功，新的成功铸就新的辉煌。苦难，希望，创造，成功，辉煌。故曰：苦难是一所大学。

（原载《广州日报》，2007 年 9 月 24 日）

智慧最美丽

吾师普宁方先生，年逾八旬，鹤发童颜，耳聪目明，笔耕不倦，著作等身。登台授业，文思泉涌，丽辞云飞，恣肆汪洋，尽情挥洒，气概非凡。其思维之精妙、文辞之锦绣、姿态之优美，睹者皆陶醉，闻者尽赞叹。美哉方先生，智慧最美丽！

美之为物者，客观外界事物因其符合人的需要而于人们心灵之中所引起的美妙感觉之谓也。山川峻秀、江河奔涌、大地芬芳、绿树红花、青春年少，倩影妙音，皆美也。然而，这一切均须通过人的心灵去感受、去发现、去欣赏、去想象、去创造。因是之故，智慧之美乃美之源泉、美中之最也。

"智慧"一词源自古代印度，属于"舶来品"一类。在印度古代佛教教义中，"梵"为宇宙最高之神，是万物主宰与生命之本源。而"智""真""乐"同为"梵"所具有的三种特性。作为其特性之一的智，是梵的一种精神性存在，是"内心之光明"，含有认识与行动之意义。在中文词汇中，与"智慧"相近者为"智力"。所谓智力者，乃是人的观察、判断、思维、想象和发明创造能力之总称也。若以一人之身而兼具上述诸种能力，其优异卓越之资，可想而知也。

智慧之为美者，美自何来？曰：顺天理而察人道，竟事功而惠众生，远灾祸而享吉庆也。天地迷蒙，人生其间，困难重重。物竞天择，趋利避害，逢凶化吉，智慧生焉。天道有常，不为尧存，不为桀亡。顺之者昌，逆之者亡。此为势所必至，理所当然也。智者仰观天文、俯察地理、顺应时序、体悟人情、动静相宜、进退有据，故能顺遂昌盛而无忧也。

然而天道冥漠，世路崎嵚，智者何为？其必曰：善怀万物，谦卑虚己而已矣。《易经·谦卦》曰："天道亏盈而益谦，地道变盈而流谦，鬼神害盈而福谦，人道恶盈而好谦。谦，尊而光，卑而不可逾，君子之终也。"美哉斯言，至哉此理！大凡智者必为仁者，怀谦必能行善。老子曰："上善若水，水善利万物而不争。处众人之所恶，故几于道。居，善地；心，善渊；与，善仁；言，善信；政，善治；事，善能；动，善时。夫唯不争，故无尤。"又曰："善者，吾善之；不善者，吾亦善之，德善。"由此可见，智仁兼具者心系天道而善怀万物，故能与天地合其德，与日月合其明，与四时合其序，与鬼神合其凶吉。如是，则天地广阔、万事顺遂，达观超然矣。

岁次丙戌，时值隆冬，欣逢先生八十华诞。在京同门，雅集以庆。吾在南国，不能与盛。撰此小品文，敬先生寿。

（原载《广州日报》，2007年5月11日）

历史与现实

　　向西，向西，再向西！飞机向西，火车向西，汽车还向西。由广州而兰州，由兰州而酒泉，由酒泉而敦煌。于是，我看见了皑皑的雪山、茫茫的戈壁、浩瀚的沙漠与茵茵的绿洲。

　　置身于这浩瀚无垠的沙漠绿洲之中，徘徊在这古老神奇的西北高原之上，每个人饱览风情之余，必定生发种种奇思妙想。商旅之客可能留意中外贸易之情形，民俗学家或许关注西北民族之融合，艺术爱好者更易沉醉于洞窟画像之造型，环保人士必定感叹那沙进人退之忧伤。本人爱好历史而业专新闻，自然热衷于历史与现实之关联。

　　何谓历史？何谓现实？世人于此，皆能举其要义：历史者，业已逝去之事实、汗牛充栋之记载、虚无缥缈之时空也；现实者，物质世界之现状、芸芸众生之俗相、转瞬即逝之时光也。表面看来，历史与现实迥然相异，了无关联。然而，穿行于流光溢彩的敦煌市区商肆之间，流连于幽静深邃的莫高窟画廊之前，吾对于历史与现实之关系，却别有一番感慨。历史与现实在此紧密相接，彼此难分，一体天然。

　　西哲克罗齐有言：一切历史都是当代史。此何谓也？或曰，所谓历史者，乃过去之事实在当代人心灵中之复活也。昨天之现实演化为今日之历史，今日之现实积淀成明天之历史。但是，并非所有现实都能够演化为历史，也不是所有历史都能够复活于当代人心灵之中而再现于现实。现实中，只有那些具有重大影响和重要思想价值的人与事才能进入历史时空；历史上，只有那些曾经深刻影响人民大众生活的人与事和那些长久闪烁智慧光芒的言与行才能感召当代人之心灵。因是之故，克罗齐氏进而断言：一切历史都是思想史。依此推而广之，吾人亦可断言：衣食住行者为现实，道德文章者为历史；一己眼前之私利者为现实，大众远久之福祉者为历史；平庸苟且者为现实，卓尔高蹈者为历史；万事繁杂者为现实，事理精华者为历史；周旋应酬者为现实，静寂沉思者为历史。诸如此类，一言以蔽，曰：物质具象者为现实，精神思想者为历史。

物质具象者，吾所欲也；精神思想者，亦吾所欲也。一个人如果仅仅幻想于历史之中，那他必定难以立足于现实，也无法正确理解历史。一个人如果仅仅沉湎于现实之中，那他只能混迹于现实，而终究无缘于历史。因此，芸芸众生如我等之辈，理应既立足于现实，又怀抱乎历史。唯其如此，我们才能科学地把握现实，积极地创造历史。

（原载《广州日报》，2008 年 4 月 24 日）

礼仪之于少年

　　每天清晨，早起运动，必从小学门前经过。但见队列齐整，彩旗招展，歌声嘹亮，誓言铿锵。不问可知，学校正在按例举行升旗及训导仪式也。仪式之内容，约略可分为升国旗、唱国歌，及校长训话之类。至于校长训话之内容，亦毫无例外地是些宣讲大好形势、传达上级指示、表扬先进典型、批评落后分子之类的大话、套话、假话和空话。间或有领导光临或老板赞助，此类仪式则更显张扬。主席台上，官分高低，人论贵贱，座列有序，赞誉有加。这是某某官，那是某某长，还有某某大老板。更有一班礼仪小姐，裙衫华丽、皓齿明眸、玉臂晶莹、亭亭玉立、笑靥如花。活生生一幅成人现实社会钱权交易、名利显摆与色相引诱的活剧上演于这庄严的礼仪之上，印入了那纯净的少年脑海之中。

　　礼仪之于少年，其影响如此之大，不可不深究也。夫礼者，履也，所以事鬼神而致福祉也。仪者，式也、刑也，所以齐法度而一言行也。古人蒙昧，每逢大事，必执礼器以事鬼神。其目的在于通过祭祀鬼神的仪式来维系和巩固血缘宗法制度之统治。由此可见，所谓礼仪者实乃统治者为维护与巩固特定的社会秩序而因袭或创设的道德规范及相应的礼节与仪式之指称也。

中华古国，宗法久远，帝制悠长，号为礼仪之邦。各种礼仪，种类繁多，内容广泛，形式复杂，无所不包，无处不在，无时不有。以人生成长之过程而言，出生即有满月礼，稍后又有入学礼、成人礼、结婚礼、寿诞礼，及至寿终正寝，还有丧葬之礼。从社会管理之角度而言，入朝有觐见礼，工程有奠基礼与落成礼，征伐有誓师礼与凯旋礼，入会结社亦有宣誓礼，甚至政治学习还有所谓"雷打不动"的开会礼。由此可见，人之出生入死无不有礼仪之相随，事之衣食住行无不有礼仪之笼罩。礼仪哉礼仪哉，其功用广大如此，岂不令人瞠目结舌、叹为观止?!

礼仪之所以能发挥如此重要之影响，主要在于它利用宗教形式与民族习俗将其道德规范内化为人们的内心信念，并进而由此规制人们的行为方式。于是，各类礼仪便有了塑造人物之性格、增强社会之认同，与维持管理秩序之功能。大而言之，礼仪可以"经国家，定社稷，序民人，利后嗣也"；小而言之，礼仪可以"立亲疏，决嫌疑，别同异，明是非也。"然而，欲礼仪真正发挥作用，必先使其形式与内容均符合人民大众之需要，使其与社会风尚高度契合。尤为切要者，凡属礼仪，必定庄严圣洁，因而其主持之人必须心地纯正、道德高尚、表里如一、言行一致。唯其如此，礼仪方能愉悦耳目，抚慰心灵，化为行动。否则，倘若礼仪仅为一时之需，应景而作，则其必定内容荒谬，形式怪诞。加之主持者金玉其外而败絮其中，则此类礼仪非但毫无教化少年之益，实有污损纯真心灵之害。因是之故，处此社会风尚礼崩乐坏而见利忘义之际，各类纷繁复杂之礼仪多不如少，有不如无。此何故？老子曰："失道而后德，失德而后仁，失仁而后义，失义而后礼。夫礼者，忠信之薄，而乱之首也。"

（原载《东江时报》，2009 年 1 月 10 日）

赤子无敌

改革开放三十多年，中国社会经济发展一路高歌猛进，经济总量增加，人民生活改善，举世公认，不容置疑。然而，时势变迁，喜中有忧，忧且甚殷，此亦未可等闲视之者也。宏观而言，由于片面强调经济效益，对自然资源进行掠夺性开发，造成了人类生存环境的急剧恶化，致使环境污染，天灾频发。中观而言，由于社会财富分配不公，贫富悬殊有如天壤之别，造成了各种利益集团之间的严重对立，致使社会冲突加剧，人祸时闻。微观而言，由于社会生存竞争加剧，物欲横流而世风不古，造成了人们身心之间的严重失衡，致使自我迷失，是非不辨，不知所向，自招其祸，乃至自速其亡。处此环境之中，如何逢凶化吉，怎样自我保护，便成了一个严重的问题。

其实，关于这个问题，早在两千多年前，我国伟大的思想家老子已经有过明确的结论。老子曰："出生入死，生之徒，十有三；死之徒，十有三；人之生，动之于死地，亦十有三。夫何故？以其生生之厚。盖闻善摄生者，陆行不遇兕虎，入军不被甲兵。兕无所投其角，虎无所措其爪，兵无所容其刃。夫何故？以其无死地。"由此可见，老子是十分重视人的生命的，并且他反复告诫人们珍惜生命、善待自我，成为"善摄生者"。

善摄生者兕虎不遇，甲兵不避，玄乎其神，岂不荒诞？

然而，究其根本，含德之厚，比于赤子，赤子可以无敌也。老子曰："含德之厚，比于赤子。毒虫不螫，猛兽不据，攫鸟不搏。骨弱筋柔而握固。未知牝牡之合而朘作，精之至也。终日号而嗌不嗄，和之至也。知和曰常。知常曰明。益生曰祥，心使气曰强。"含德之厚，赤子无敌，何以致之，要妙有三：一曰善，二曰明，三曰柔。

善者，出以善心、关爱生命、善怀万物之谓也。老子以为，"道者万物之奥"。道在人世间之表现为德，它具体体现为人们在社会生活中所普遍认同并共同遵守的生活理念和行为规范。善乃德之根本与核心之所在，故老子云："上善若水。水善利万物而不争。处众人之所恶，故几于道。居，善地；心，善渊；与，善仁；言，善信；政，善治；事，善能；动，善时。"上善之人，不仅要善待自己，也要善待他人，特别是要善待那些不善者。"善者，吾善之；不善者，吾亦善之，德善。"一个人善待自己，不与自己为敌，自然心中无敌；一个人善待他人，不与他人为敌，他人亦不会与之为敌；一个人不与天地为敌，天地自然不会与之为敌。含德之厚，心底无私，天广地阔，万物祥和。以此而言，赤子无敌，绝非虚言。

明者，俯仰天地、体察人情、知己知彼、见微知著、相机而动之谓也。出以善心，善待万物，绝非遇事消极等待，听任命运摆布，而是要审时度势，相机而动。凡事利弊相依，得失相存，大小相较，远近相形。取舍之际，人贵有自知之明。遇事若能谦卑为怀，量力而行，必定有所成就。反之，人无自知之明，必定目空一切，轻举妄动。长此以往，未有不招灾引祸、自取其咎者也。故老子云：

"知人者智，自知者明。胜人者有力，自胜者强。知足者富，强行者有志，不失其所者久。死而不亡者寿。"知人不易，自知更难。两者相较，老子更强调自知之明，即一个人对自己要有客观而正确的评价。只有自知，才能自胜其难；只有知足常乐，才能长生久视；只有不失其所且有志而强行，才能创造生命之辉煌。

柔者，守弱避强、以柔克刚之谓也。大凡人生之成功，无不善于处理一系列纷繁复杂的矛盾。这些矛盾包括有与无，多与少，利与害，大与小，高与低，强与弱，富与贫，贵与贱，亲与疏，入世与出世等种类。身处诸多矛盾之中，面临重重迷茫困厄之时，如何逢凶化吉、转危为安？其最佳方法唯有守弱避强、以柔克刚。老子曰："天下之至柔，驰骋天下之至坚。"又曰："人之生也柔弱，其死也坚强。草木之生也柔脆，其死也枯槁。故坚强者死之徒，柔弱者生之徒。"弱之所以能够胜强，柔之所以能够克刚，其因何在？盖以其新而充满生机，以其弱而招致同情，以其柔而避让凶险，以其含德之厚而天下无敌也。

（原载《南方日报》，2010 年 8 月 25 日）

第二辑

人生三境界

人生三境界

面对熙熙攘攘的人流，真真假假的面孔，冷冷热热的表情，我常思量：如果每一个人都能自省——"我从哪里来？要到何处去？应该做什么？"那么我们的生活将会简单安宁得多。如是我闻，人生在世，大致有三种境界：一曰"世俗利禄型"，二曰"事业创新型"，三曰"四大皆空型"。

衣食住行，生活必需。求衣觅食，人之本性，无可厚非。此乃"世俗利禄型"人生之谓也。一个人如果丧失对世俗利禄的追求，那他不是废人便是伪人；一个社会如果禁欲主义盛行，那它不是天堂便是地狱。只有社会大众对物质利益的合理追求与积极创造，才能不断推动社会进步与繁荣。因是之故，"世俗利禄型"乃人生之基础与社会之常态也。

但是，一个人如果仅仅满足于对世俗利禄的追求，则无异于行尸走肉之辈；一个社会如果处处物欲横流，则必然为妖孽鬼蜮之境。因此，丰衣足食之外，人们还应有更高追求。此种更高追求，乃"事业创新型"人生之谓也。为了追求事业之成功，有志之士可以吃苦耐劳、忍辱负重，也可以虚己待人、团结绝大多数人共同奋斗，甚至可以付出鲜血和生命的代价而矢志不渝。个人生命有限，事业创新无穷。只有将有限的生命投入到无限的事业创新之中，个人的生命才能得以延续。事业有所成就，事业创新者对团体、对社会做出了贡献，也实现了自己所追求的人生价值。由此可见，"事业创新型"之人生，可谓远近谋划、公私兼顾、名利双收、风光无限。

然而，物极必反。事业成功人士，若居功自傲，独断专行，恋栈既久，未有不前功尽弃，乃至身败名裂者也。反之，事业成功之士若能功成事遂身退，则可功成名就，永保无忧。其所以如此者，盖因事业创新绝非一己之力所能竟功，更不能期望一个人能在有限的时间内完成所有事业。因此，一个人完成一两件大事之后，就应该急流勇退、功成不居，当此社会转型之际，人心势利，欲效此道，非有大勇气与大智慧不可。唯其如此，方能自我超越，进入一个淡泊明志、物我两忘、四大皆空的人生境界。此类人生境界超越名利，超越情欲，超越生死，乃至超越时空。一般来说，这样的境界只有伟大的政治家、学问家和思想家才能达到。他们或者享有崇高的威望，以其人格魅力感召社会大众；或者具有渊博的学识，以其聪明才智启迪后学诸君；或者以其深邃的哲理穿越历史时空。此种境界，一般人难以企及，也无须人人圣贤。不过，人们，特别是"事业创新型"之人士，时而思之，则不无裨益也。

（原载《广州日报》，2007 年 4 月 17 日）

事·理·法·情

余曾为文，人生三境界，所求各不同。"世俗利禄型"，俯仰皆见，不难为也；"四大皆空型"，众人莫及，不必为也；唯"事业创新型"，人人可为而难为，最难将息，然不得不为也。

大抵"事业创新型"之人士，或负责一单位，或带领一团队，或开拓一事业，常常处于公与私、上与下、内与外、大与小、远与近、亲与疏、利与害的关系或矛盾之中。事业创新之人士唯有审慎处理好这些关系或矛盾，方能协同上下，团结左右，调动内外各种积极因素，达成事业之目标。处此境况之中，事业创新者应依"事""理""法""情"四字方针及其顺序，待人处事为宜。

所谓"事"者，客观存在之事实也。面对客观事实，事业创新者应正视现实，实事求是，对事不对人。唯其如此，方能一视同仁，而不至于亲疏轩轾、厚此薄彼或者顾此失彼。反之，如果主观臆断，罔顾实情，甚至颠倒黑白，强词夺理，为害群伦，实为不智。长此以往，维护正常的工作秩序尚不可得，更遑论事业创新之发展乎？

所谓"理"者，客观事实存在与发展之条理及规律也。循理办事、以理服人、顺理成章、事半功倍。反之，如果意气用事，办事而不循理，就会陷入"埋头拉车"而不"抬头看路"的险境。如此莽撞，恰似盲人骑瞎马，夜半临深渊，未有不至于危殆者也。

所谓"法"者，人们根据客观事物发展之规律所制定之行为规则也。此类规则，在国家及其各级政府者即为法律，在单位及其各个部门者则为规章。有法必依，有章可循，依法办事，才能既遵国家法律，又守单位规章。如此，事业必定成功。反之，如果漫无章法、无法无天、独断专行、朝令夕改，则众无依归，惶惶不可终日，事业必至涣散溃败而无可疑义者也。

所谓"情"者，同事、朋友之间于共同创业之中所凝结之真情也。时空变幻不居，风云际会无已。人生相聚，共同创业，实属不易。真情难得，理应珍惜。可叹初试任事之人，往往昧于此道，而罔顾人情。他们或者以个人业绩为重，托词贯彻法规而冷酷无情，致使左右汹汹，内外交困。更有人也，天性好斗，视同属为仇寇，以争斗为乐趣，厉行整肃，终至天怒人怨、众叛亲离。事业创新至此，不亦悲乎？若能既遵守法规，又辅之以人情，必能凝聚人心，开拓新局。然而，情不可滥用，滥情必至乱纲。如果只讲友情，不讲原则，甚至以情惑法，则必至任人唯亲，拉帮结派，无法无天。

事、理、法、情及其顺序，为事业创新者应循之正轨。然四者之中，依法办事，最为关键。依此而行，天地人和，风调雨顺，一个单位、一个地区，乃至一个国家，未有不兴旺发达者也。

（原载《广州日报》，2007 年 4 月 25 日）

戒急用忍

处事应正视现实、实事求是，切忌好大喜功、急躁冒进。然而，大凡有事业心者，特别是初任事业者，总希望能够迅速打开局面，一显身手。于是，权杖在手、兴风作浪、雷厉风行，盖有天下之大，舍我其谁之气概。殊不知，此乃狂妄无知、自私自利之表现也。

言其狂妄无知，盖因其昧天理而逆民情也。世间事，无论大小，皆有条理。治事之人唯有承天命而顺民意，方能顺其自然，竟其事功。老子有言："我无为，而民自化；我好静，而民自正；我无事，而民自富；我无欲，而民自朴。"表面上看，此种顺其自然之态度与无所作为之表现若无二致。然就其实质而言，此两者判然有别，毫无共同之处。顺其自然者，乃顺应天理、审时度势之明智举动。无所作为者，则属消极怠工、贻误时机之代名词耳。

言其自私自利，盖因其耗大众之力而逞一己之能也。超越现实可能性，一味好大喜功，实乃自私、虚荣心理之表现。凡抱持此种自私、虚荣心理者，往往以一己之私欲应对公众之事业。褒而扬之，其用心之专、其任事之勤与其气势之宏，或可称颂于当代。贬而斥之，其动机之荒诞、其手段之颠狂与其效果之泛滥，终将骂名留千古。如此之为，非但事功难竟，反而劳民伤财、招致天怒人怨。究其所以，盖狂妄者必自私，自私者必愚蠢，愚蠢者必本末倒置，本末倒置者必事与愿违也。于是，公私不分、损公肥私、化公为私，乃至贪天之功为己功，危亡之道由此而启。

一旦好大喜功，势必求急用猛，而求急用猛，势必运用各种手段支配所属，乃至无所不用其极。以行政手段而言，势必顺我者昌、逆我者亡。于是，上下整肃，人人自危，噤若寒蝉。以经济手段而言，势必唯命是从者得其利，耿介不阿者受其罚。于是，赏罚失度，左右违和，万事乖错。以人际关系手段而言，势必得其利者亲而近之，受其罚者疏且远之。于是，远近亲疏立现，拉帮结派难免。人心离丧若此，则败局之来不远矣。由此可见，求急用猛，三管齐下，猛打猛冲，招招扰民。自己受累、众人遭殃、害人害己、好大喜功者，可以休也。

子夏问政，孔子曰："无欲速，无见小利。欲速则不达；见小利，则大事不成。"由此可见，凡事并非"一万年太久，只争朝夕"，而是事业成功须积累，水到渠成无痕迹。

（原载《广州日报》，2007年4月23日）

是非之心与利害之心

时兴市场经济和民主政治，考评之风盛行。干部上岗须考评，业绩、政绩须考评，课题申报、项目评审须考评，甚至个人工资之浮动与奖金之发放亦须考评。于是乎，考评成了治国安邦之法宝、创业兴家之良方、安身立命之凭藉也。纵观中国古代历史，上下数千年，方圆几万里，大事小情，往往由各路皇帝一锤定音，平民百姓毫无权利可言。吾国治乱相继，治少乱多，病入膏肓，其因概由于此。相比之下，考评制度不失为中国历史上之巨大进步，善莫大焉，吾人理应称而颂之。然而，考评者系于人心之一念，考什么，评什么，怎么考，怎么评，确有深究之必要。

一事当前，人们总要辨真伪、明是非、判善恶、审美丑、定取舍。但是，以何标准辨之、明之、判之、审之和定之，历来却有截然相反之两种态度：一曰以是非之心为心，二曰以利害之心为心。

以是非之心为心者，对事对人，不从一己之好恶出发，而纯以客观对象之本来面目为依归。人之于世也，秉日月精华而生，食五谷杂粮而养，得风雷雨露而润，理应尊自然之道而行。老子曰："故道大，天大，地大，人亦大。域中有四大，而人居其一焉。人法地，地法天，天法道，道法自然。"以客观外界事物之本来面目为标准，是则是之，非则非之。依此而为，去伪存真，弃智抱朴，扶正祛邪，则天地人和，可以无忧也。由此可见，以是非之心为心，则心术正，认识明，处事公，无论远近亲疏，一视同仁。如此，方能爱而知其恶，憎而知其善也。以此准则为人处世，则上下齐心，左右协力，天地和顺，正气沛然。

存是非之心，事至显，理甚明，无可置疑者也。然则，此为易事，亦为难事，始终行之，更是难之又难也。囿于私利、情欲或亲情，人们往往泯是非之心而生利害之心。利害之心者，对事对人之判断与取舍，不以客观外界事物之本来面目为尺度，而纯以一己之利害与好恶为标准。以利害之心为心者，为人处世，至为势利且张扬。上之于下也，不以事业之需求及个人之德能考量，而以与己之亲疏远近划界。于是，亲近者受表扬，蒙提拔，得实惠，喜气洋洋，乐而悠哉。疏远者遭白眼，穿小鞋，扣奖金，顾虑重重，愁眉锁眼。下之于上也，不以其品行及贡献评判之，而纯以与己之利害关系相较衡。于己有利者，虽有百弊而无怨言，赞扬之，拥护之，高自标揭，你好我好哥俩好。于己相害者，虽有善政而存嫌心，诽谤之，谩骂之，恶言相向，出气解恨两相宜。爱之欲其长生，恶之欲其速死，惑也生焉。由此可见，以主观利害为标准，真假混淆，是非颠倒，良莠不分，用智取巧，必至天人失和，弊端丛生，未有能长久者也。

于是乎，笔者大声疾呼：存是非之心，去利害之心！

（原载《南方日报》，2006 年 11 月 25 日）

名片折射

收集的名片逐渐增多，大有"片"满为患之虞。于是，清理一番，使之各归其所。结果发现，小小名片之中，竟蕴含着不少"学问"。

名片产生于何时，未细加考订。不过，可以肯定，自从有商品交换，特别是商品经济充分发达之后，便有名片的出现与流行，只不过称谓不同而已。古戏文中似乎有名片的影子，叫作"片子""帖子"或"刺"，大致是明末清初商品经济发展的产物。改革开放以来，名片流行神州，盛极中华，蔚为壮观。究其所以，盖商品经济大潮汹涌澎湃之使然也。不仅如此，笔者还发现，名片质地之优劣，与区域商品经济之发达与否，密切相关。我收集的上千张名片中，以广东的居多，北京、上海次之，内地如湖南、湖北又次之。相比之下，广东的名片质地坚韧、印制精美，内地的名片则比较粗糙，以致稍有移动，便面目全非。于是，似乎可以得出结论：名片是商品经济的产物，而且商品经济越发达，名片也越精巧、越美观。

既然名片有自己产生的经济基础且大行其道，那它必然具有某种实用功能。大致来说，名片作为一种个人化的信息传播媒介，可以帮助人们"推销"自己、交际他人，以求得更好的生存和发展。如此而行，毋庸非议。但若将名片的这种功能发挥到极端，则可能事与愿违、适得其反。

例如，有人在名片上印满各种头衔，科长、处长、董事长，黑压压一片，只见乌纱不见人，使人敬而远之；有人在名片上印满各种经营项目，食品、药品、保健品，乱糟糟一堆，只见物品不见人，使人提心吊胆；有人在名片上印满各项丰功伟绩，做过什么事，写过什么书，演过什么戏，晕眩眩一串，只见牛皮不见人，使人瞠目结舌。

细细把弄，还可以发现一些隐藏在名片背后的故事：有的人"升"了，升官了；有的人"降"了，降职了；有的人"发"了，发财了；有的人"衰"了，衰败了；有的人"进"了，进监了；有的人"退"了，退休了；有的人"来"了，来神了；有的人"去"了，去世了。如此林林总总，形形色色，光怪陆离，无奇不有，令人称羡，令人叹息，也令人深思。

小小一张名片，折射一个时代，反映整个社会，凸显几多人生。

（原载《南方日报》，1999 年 10 月 15 日）

"蒙在鼓里"别解

"蒙在鼓里"者，民间之俚语也，盖有信息被封锁、某人被蒙蔽之意味也。例如，某些人正在策划某事，而独避某人，使其懵然不知，则曰某人"蒙在鼓里"矣。

某日，大雨倾盆，雷鸣电闪，天昏地暗。本来相约拜访朋友，遂辍。雨停，屋檐雨棚轰鸣如故，久不成行。及友人电催，方觉雨歇，如梦初醒，"蒙在鼓里"也。如是我闻，"蒙在鼓里"不仅含有信息被闭塞、被人欺蒙之意，而且蕴含信息泛滥、真伪莫辨之义。老子云："五色令人目盲；五音令人耳聋；五味令人口爽"，此之谓矣哉。

当今信息社会，信息海量，知识爆炸，人们每时每刻无不浸淫于信息之中。接受信息，消化信息，利用信息，受制于信息，人仿佛成了信息之奴隶。毋庸置疑，人们广泛地接受与利用信息，有益于更好地生存和发展。然而，信息泛滥，真伪莫辨，良莠不分，照单全收，则亦有害于心身。小而言之，任凭信息轰炸，不加选择，人云亦云，必至耳失聪、目失明，一事当前，难于做出正确判断和决策。大而言之，如果终日偏听偏信某些不良信息，受其控制，乃至走火入魔，则必至进退失据、起居失常、神衰力竭、伤身害命。由此可见，信息之于人生有如养分，不可或缺，然亦不可泛滥，不可不加选择。

现实生活中，常常可以听到这样的议论，诸如"市场经济等于资本主义"，"物质生活富裕了，社会风气败坏了"，"辛苦奋斗三十年，一夜回到解放前"等。这些话，未必都是"反对改革开放"和"想走回头路"，但其本末倒置，是非混淆，无疑失之偏颇。其所以至此者，其中一个重要原因，就是改革开放以来变化太多、太大、太快，使人目迷五色，无暇辨别。纵观中国历史数千年，也有几个太平盛世，但改革开放三十年无疑是中国人民最幸福的时期。此乃举世公认，无可辩驳者也。

新千年之初，暨南大学也发生了几件大事，其中之一，当推数以千计的教职工分配并购置了福利住房。一段时间内，轰轰隆隆的基建声，"叮叮当当"的装修声，叽叽喳喳的议论声，好不热闹。繁盛愉悦之中，难免使人"蒙在鼓里"。赞语颂词有之，牢骚怨言时闻。站在各自立场，均有所据，各成其理。然抚今追昔，放眼全国，则可发现，此类善举，泽被老九，惠及百年，全国高校，罕有其匹者也。

（原载《广州日报》，2007年4月26日）

志存高远与脚踏实地

青年学生特别是大学生是国家的希望和民族未来的栋梁。我以为，当代大学生要健康成长，必志存高远、脚踏实地。

所谓志存高远，是要对人生有通达了解，对社会负高度责任，对事业抱高远志向。有无志向或志向高低，是人格高下的重要标志，是能否奋发有为的精神动力。有理想，就有希望；有希望，就有明天。明天是必然的、确定的，但又是无形的、可塑的。每一个人的明天都需要自己去描绘、去建构、去填充、去践履。在这个意义上说，有理想者有明天，有明天者有希望。有理想，才能规划自己、控制自己，有所为，有所不为。有所为必须有所不为，有所不为才能有所为。如此人生，才能对社会做出较大贡献。

所谓脚踏实地，就是要认准目标，刻苦自砺，将理想付诸实践，以勤奋成就事业。有了这样一种精神，就不会因物欲横流而沉湎于世俗，也不致因孤高自傲而飘浮于云端。按照这种要求，必须具有高尚之品德、强健之体魄、广博之学识，与扎实之专功。华南植物园王英强研究员撰写论文在国际权威杂志《自然》（Nature）上发表，七百个单词，耗费三年心血。其发现问题之敏锐、观察事物之细致、表述观点之审慎，可谓学界典范。王研究员精神尤佳，可为学子训。

（原载《广州日报》，2007 年 4 月 30 日）

留广师， 五不可

领导某：

　　请调报告提出，承蒙挽留，心深感激。但时间飞逝，进展毫无，令人忧心如焚。

　　昔李泌遭遇"安史之乱"，辅佐肃宗皇帝登基灵武，平定天下。泌求去，帝不许，曰："朕与先生累年同忧患，今方相娱乐，奈何遽欲去乎！"泌曰："臣有五不可留，愿陛下听臣去。"上曰："五不可，何谓也？"对曰："臣遇陛下太早，陛下任臣太重，宠臣太深，臣功太高，迹太奇，此所以五不可留者也。"相遇太早，知其底细，无所防范也；任用太重，不胜繁剧，难以为继也；宠幸太深，同僚侧目，嫉妒易生也；功劳太高，索求不已，无爵可赏也；行迹太奇，天马行空，尊卑无存也。有此五者而不去，物极必反、由爱转恨、悔而无及也。上思良久，乃听归衡山，敕郡县为之筑室于山中，给三品料。

　　今者吾人之请求离广师而就暨大，亦有"五不可"耳！此五不可者何？一曰住房太小，二曰处事太真，三曰暨南大学邀请太诚，四曰朋友太信，五曰去意太坚。住房太小，三代同室，难以容其身也；处事太真，率直而行，容易招其怨也；暨南大学邀请太诚，既已应允，未敢食其言也；朋友太信，一言既出，驷马不可追也；去意太坚，深思熟虑，利害不计较也。有此五者之不可，广州师院未可留也。

上述两个"五不可"，事既不同，理又各殊，然道一致也。此道者何？曰君子处世宜急流勇退，领导决断应胸怀天地。有鉴如此，何不及早放行，成人之美哉？特此恳请，见谅幸甚。

蔡铭泽顿首

时值一九九九年四月

（原载《新闻细语》，南方日报出版社2007年版）

戒之在得

众所周知，蔡京是历史上有名的"奸臣"。其实，这是后来理学家们强加给他的罪名，实情远非如此。奸臣者，欺上瞒下、犯上作乱、妄为误国者之谓也。揆诸史乘，蔡京贪恋权势之心或许有之，犯上作乱之举实则全无。而且，实事求是地说，蔡京属于改革家王安石一党，是一个不成熟的改革家。套用时髦言语，蔡氏之误不在于他是一个奸臣，而在于他没有处理好改革、发展和稳定的关系。纵观北宋一朝，民富国穷，外强环逼，兵不识将，将不认兵，积贫积弱，俨然病夫。为治顽疾，范仲淹、王安石等先后奋起改革，均为保守势力所残。王安石两度罢相，几经周折，然蔡京手握相权，王虽愤发更张，初有所成，惜终败焉。

吾蔡姓，不为宗人讳。无论个人修养或为官之道，蔡京均为失败之典型。贪念过重，恋栈太久，终至民怨四起，失宠新君，客死贬途。临终之前，他赋诗一首，忏悔人生。诗曰："八十一年往世，四千里外无家。如今流落向天涯，梦里瑶池阙下。玉殿五回命相，彤庭几度宣麻。止因贪恋此荣华，便有如今事也。"诗或系伪作，然亦能表其心迹。

由此可见，贪念之生，毒如蛇蝎，凶如猛虎。纵有豪情千万丈，一遇贪鄙必遭殃。不幸，时至21世纪，此类悲剧一再重演，而且大有愈演愈烈之势。君不见，多少高官因贪恋权财而身陷囹圄；君不见，多少新锐为争权夺利而相互残杀；君不见，多少显要因沉迷酒色而身败名裂；君不见，多少富豪因富不仁而家破人亡；君不见，多少暴徒因杀人越货而身首异地。此类人等，贪而鄙，愚而蠢，见利忘义，利令智昏，身家不顾，何可理喻。待到大限临头，悔之晚矣。

人生在世，大凡须经青少年、中壮年和老年三个阶段。人生各个阶段，年龄不同，生理、心理有别，亦各应有所追求、有所戒惧。孔子曰："君子有三戒：少之时，血气未定，戒之在色；及其壮也，血气方刚，戒之在斗；及其老也，血气既衰，戒之在得。"

戒之在得，千古不易之言！为官者、经商者，乃至治学者，思之又思，慎之又慎，惧之又惧，戒之又戒，必定受益无穷。

（原载《广州日报》，2007年5月9日）

避路让贤折

二〇〇六年，岁次丙戌，时值深秋，学校领导某君突然宣布，接受本人辞呈。任暨南大学新闻与传播学院院长七年，遽然挥别，怅然若失。自此，淡出闹肆，遁入书斋。世风趋利，官念狂张，利权结合，渐成灼天之势。余也不慧，罔顾世情，避路让贤，逆势而行。近者莫解，远者生疑，有口无辩。

夙慕高洁之志，早存去职之心，时序绵绵慰藉我心，书香阵阵增益吾智。渐觉耳根清净，风吹云散，畅快之情，不可言状。假以时日，议论消弭，开诚布公，此其时也。兹将《避路让贤折》辑录于后，以为个人之存鉴，或可为世所参考。其辞曰：

领导某：

本人2000年3月任新闻与传播学院行政职务，迄今已逾六载。其间，领导寄予厚望，员工鼎力相助。由是感激，戮力前行，奋不顾身。所幸学院各项工作历年均有进步，尤其近期申报博士点成功，全院振奋，令人欣慰。值此之际，学院规模扩张，层次提升，师资雄厚，四方向往，全新局面，业已展开。

反顾本人，有德无能，有勇无谋，才疏学浅，恐失良机。日夜忧惧，寝食难安，涓埃之躯，不堪重负。任期届满，避路让贤，实非一日，今当其时也。

有鉴于此，恳请领导，公开招贤，广纳英才，更创辉煌。俟新任院长接任，本人当竭诚配合，顺利交接，并愿意接受离任审查。匆匆六载，日月可鉴。悠悠我心，来者可期。尚蒙见谅，幸甚永志。

具折人蔡铭泽顿首
2005 年 10 月 30 日

世间恋栈者多多，功成身退者亦夥。蹉跎冠冕谁相念，寂寞烟霞我自知。见仁见智，感悟异殊，不可同日而语。西晋羊祜文韬武略，才华盖世，统一国家，屡建奇功。正当功勋鼎盛之际，他急流勇退，归隐故里。或曰：此乃青云直上之时，奈何遽去尔？祜曰："大局已定，我以角巾装束返故里，享受田园日月，不亦乐乎？"此乃伟人之所为，草芥之民岂敢附丽。然天下事无论大小，虽情形有别，而道理相同。反顾自身所为，每念及此，倍感吾道不孤也。被动主动？苦耶乐耶？荣乎辱乎？胸中自有悲情在，唯有自知不外闻。走出光环，归于平静，红尘滚滚，澹定而行。此为大境界、大勇气，小民倘若如此，不亦君子乎?!

（原载《广州日报》，2007 年 5 月 17 日）

业师、经师与人师

韩愈《师说》，千古名篇，万口传诵，至于不朽。师者何为？所以传道授业解惑也。传道者，传其经也；授业者，授其术也；解惑者，正其心也。依此而论，师者亦可细分为三，即业师、经师与人师是也。

"业师"者，从事某一专业之研究，传授某一专业知识与技能于学生者之谓也。当今之世，行业细分，各类专业技术人才供不应求，故业师者所在多见，大行其道，且广受欢迎。传授专业知识与技能，培养职业人才，正是教师最基本、最普遍的本职工作之一。

"经师"者，超业师而上乘者之谓也。除传授专业知识与技能之外，经师者还需具有深厚而宽广的学识素养，向学生传输天文、地理与人文知识之经典文献，使学生对自然、社会与人生有全面系统之领悟。依此而言，经师显然要比业师高出一个层次。在他们心中，不仅负有社会责任感和历史使命感，而且对中外历史文化具有透彻的理解。经师如此，方能不断丰富自己，滋养学子，塑造社会栋梁之材。

倘若更上一层楼，则有"人师"者存焉。"人师"者，乃学识精深、心志高洁人士之谓也。他们胸怀天下而与世无争，他们爱憎分明而温文尔雅，他们善怀万物而包容天地，他们学富五车而虚怀若谷，他们云行雨施而不着痕迹。

师者如此，方能培养出志存高远且脚踏实地、富于创造精神且心地善良之高才。此类高才匡时济世、治国安邦，为社会做出重大贡献，亦为师者之荣光。此之为师者，上之上也。

业师、经师与人师，各自有别，又浑然一体，密不可分。一般而言，授其业者必能传其经，传其经者必能正其心。由此可见，为人师者，职责重大，殊为不易。因是之故，为师之人理应品学兼优，教书育人。然而，现实之中，师者状况未可乐观。近年高校扩招，生员猛增，师生比例严重失衡。师资数量有限，质量参差，大有一师难求之虞。于是，师生之间，师不识生，生不亲师，形同路人。更有甚者，以教谋私、以教谋权，乃至以教谋色者亦大有人在。如此这般，教与学俨然市场交易，师道尊严为之扫地。此类孽师，人品低劣，斯文尽丧，何以师为？他们虽为少数，师者名声为之污矣。

或曰，当今社会，钱权万能，世风日下，师道难以免俗。教师皆凡人，也食人间烟火，亦有七情六欲。有道是，居一室而天下安，果一腹而终身饱。权大不慎终惹祸，财聚无节必伤身。巧而无智，争权夺利，必为权利所累。利害相争，争之下也。智慧相竞，其益无穷。何以致之？曰天道、地道、人道也，曰业师、经师、人师也。

（原载《广州日报》，2007 年 5 月 10 日）

"大私为公"论

　　"公""私"对立，形同水火。"大公无私""克己奉公""天下为公"，人们用华丽的辞藻颂扬"公"、标榜"公"，似乎"公"为百美归宗。"自私自利""损公肥私""私欲横流"，人们以严厉的口吻斥责"私"、贬损"私"，仿佛"私"为万恶之源。

　　然而，公道缥缈终难一睹，私欲横流随处可见。人们内心好私，口不言而身体力行，甚至有人为谋私利铤而走险。于是，私欲盈野而以奉公倡议，骄奢淫逸而以贞洁表扬。智者所谋，王者所用，尽在张公道而竞私欲。假公济私、隐恶扬善、欲盖弥彰、荒唐何极。

　　盖"公"与"私"，本同一源，终归一体。所谓"私"者，个人之本，而社会之基也。一己之私为私，众人之私为公；一时之私为私，长远之私为公；敛小财者为私，聚大资者为公。因是之故，积个人之私成众人之公，集一时之私为长远之公，聚零散之私为整体之公，不亦"大私为公"乎？一个人，如果身家性命不保，有何资格谈论克己奉公？一个家族、一个部落、一个民族乃至一个国家，如果生存发展受限，又遑论贡献于人类？依次推而广之，任何一个民族国家之历史，都是一部由私而公、由公而私、公私激荡、公私相互演化之历史。由是以观，"大公无私""克己奉公""天下为公"概为虚妄之辞，而"自私自利"

"损公肥私""私欲横流"亦属诡谲之论。私而有理，私而有度，公私兼顾，方能大私而为公，永远立于不败之地。

大私为公，何以至之？其道有三：一曰富者敌国，享受有限。财富之事，生不带来，死不带去。鹪鹩巢于深林，不过一枝；偃鼠饮于江河，不过满腹。君子之泽，三世而斩。私产公用，自古而然，天地养人，不可拂逆。二曰祸福相倚，世变莫测。富而蠢者，利欲熏心，贪得无厌，欲敛天下之财为己有。然浸淫既久，造孽深重，必招怨尤，自邀天谴。汉之梁冀，官拜将相，地连州县，金银山积，园圃广开，禽飞兽走，美人充盈。不意人怨天怒，一朝覆没。可怜身首异地，满门诛灭，故旧弃市，家产充公。资充国库而减天下租税之半，园圃尽散以业天下穷苦之民。《易》曰："德福常佑贫贱之家，鬼神频窥富贵之门。"天理昭昭，人心睽睽，大私岂能不公？！三曰少私寡欲，知足常乐。人之生也，从无到有，自有而无，过程而已。在此过程之中，置产立业，安身立命，养家糊口，无可厚非。然而，凡事皆有节度，物极必得其反，甚爱必有大费，多藏必致厚亡。避灾远祸，智者何为？老子曰："少私寡欲，绝学无忧。"又曰："知足不辱，知止不殆，可以长久。"如此而言，智慧者最自私，自私者能奉公。以其自私，故能生存；以其奉公，故能长久。

大私无私，无私而能成其私，故曰大私为公也。大私为公，智者乐为，吾当从其后。

（原载《广州日报》，2007 年 5 月 16 日）

己丑重阳偶感

　　九月初九重阳日，中华民族传统之敬老节。是日，收到学生祝福之短信，称之为蔡老。于是，幡然感悟：老之将至也。又查工资，收入锐减，嗟然长叹：穷且益坚也。乃诌成打油诗一首，以记其自嘲之趣。诗曰：

人儿越来越老，
钱儿越来越少，
字儿越来越好，
老婆啊，你是否越来越想跟人跑？

不嫌你人儿老，
不怪你钱儿少，
不慕你字儿好，
只要你知足常乐，真情相伴活到老！

　　　　　　　　　兴稼蔡铭泽书于广州松泉居
　　　　　　　　　　时维己丑重阳日

师者忌言

每逢教师佳节，上自中央首长，下迄地方各级领导，无不热烈庆祝，隆重表彰，丰厚犒赏。教师者，俨然天之骄子与时代之宠儿。然而，教师之中良莠不齐，社会上那些低劣龌龊之事，教师中亦屡见不鲜。财迷心窍、索礼受贿者有之，热衷官道、钻营取巧者有之，弄虚作假、抄袭剽窃者有之，色胆包天、非礼女生者有之，争名夺利、相互残杀者亦有之。更有甚者，竟将此类无耻之尤发诸言论，在课堂上大肆宣扬。

教师生存于社会之中，谋食于市肆之内，上述种种行为均为社会竞争逼迫之所至，无足怪异。唯将此类言语散布于神圣讲坛之上，实可怪异而恐怖者也。此何故？以其违背教师职责、毒化学生心灵、污染社会环境至深且巨也。因是之故，师者忌言，不可不深察焉。然师者忌言，所忌者何？曰伪言、狂言、昏言是也。

伪言者，虚伪应承、空洞无物之言也。吾国之官僚，素来好大喜功，屡发惊天之言。吾国之民众，安于逆来顺受，习性随声附和。上有所好，下必甚焉。于是，上下呼应，举国唱和，真伪混淆，是非颠倒，曲直莫辨。每际如此，教师者难免其俗，往往于讲坛之上鹦鹉学舌，大放虚伪空洞之辞。师者言不由衷，生徒貌合神离，助长虚伪狂妄之气，养成投机取巧之人，损毁天下诚信之本。久而久之，上行下效，假话大话空话连篇，言行背道而驰，国家受其害，人民遭其殃，岂不痛哉。痛定思痛，每有贤明之士，倡导实事求是，鼓励人们讲真话，至少不要讲假话。师者于此，可深戒焉。

狂言者，愤世嫉俗、自我张狂之言也。与伪言者相反，亦有激愤之徒因不满现实或自视极高而发狂妄之言。他们或因指斥时弊而趋于尖刻，或因张扬自我而得意忘形。当此言论相对自由之世，一般人士偶发狂言或无大碍。但为师者于此若喋喋不休，则应三思而后言之。个中缘由盖因此类言语极具煽惑之能量，易使学生入于耳而效诸行。师者逞一时之快，学生受终生之累，利害相较，至为明显，为师不取。古人云，士不可以不弘毅。"弘则旷达，毅则严重。严重则处事沉着，可以托六尺之孤；旷达则风度娴雅，可以寄百里之命。二者兼而有之，而后可以为全德，每临大节而不可夺也。"轻发狂妄之言者，既乏宏通之智，又失娴雅之度，何足取焉?!

昏言者，低俗昏庸、污浊无耻之言也。此种昏言约略可分为三类：一曰唯利是图，二曰宣淫骗色，三曰见利忘义。读书做官，敛财骗色，为达目的，不择手段，学界败类，历代多有，于今尤烈。近有某教授"激励"学生赚取"千万身家"，否则永不相见。此乃见钱眼开、见利忘义、低劣庸俗人生观之充分暴露。依此而行，投机取巧，损人利己，坑蒙拐骗，过河拆桥，落井下石，种种黑厚之术必然大行其道。于是，金钱万能，人情冷漠，见死而敢不救，救死反而受冤，父子反目，兄弟成仇，师生相残，千古奇观，一时纷呈。道德沦丧，风俗败坏，一至如此，可堪嗟叹。其中原因，固然多有，但师者言之无忌，终归难辞其咎。

学高为师，身正为范。教师为社会之表率，理应谨言慎行。

《周易·系辞》有言："言出乎身，加乎民；行发乎迩，见乎远。言行，君子之枢机，枢机之发，荣辱之主也。言行，君子之所以动天地也，可不慎乎！"每念及此，师者登台授业宜将有以思之。

（原载《东江时报》，2011 年 5 月 1 日）

老蔡买菜

　　历来家务分工，夫人洗衣做饭，女儿端茶洗碗，吾则扫地买菜。可谓分工明确，相互配合，其乐融融。夫人勤勉精致，女儿忠于职守，表现最差者非鄙人莫属。吾之于家务，常常系念学问而心不在焉，以致扫地如画画而顾此失彼，买菜不识货而老买老菜。为此，没少受夫人和女儿责备。不过，责备归责备，老蔡依旧我行我素，屡教不改。久而久之，夫人无可奈何，嗔而戏言曰："老蔡买菜老买菜老买老菜。"吾以为妙语，常思有以对而联之。无奈数年已过，佳句难觅。

　　2011年圣诞前夕，平安之夜，暨南大学新闻与传播学院雅集于广州郊野花都芙蓉嶂之山庄。有奖竞猜，吾中二等。欢庆之际，余出夫人妙语，以求其对。席间，有范以锦院长以"老范做饭老做饭老做老饭"为对。联虽未工整，然范（饭）蔡（菜）同席，衣食无忧，举座欢呼雀跃，取其音谐意美也。

　　越数日，有新晋系主任林爱珺教授致电于我，曰："下联成矣。"余询其所对，曰："大牛吹牛大吹牛大吹大牛。"又有贤婿美国斯坦福大学彭晨博士及其父母安徽长丰一中彭建国校长和夫人朱公莲医生亦发来电子邮件，分别以"老江吃姜老吃姜老吃老姜"和"小汤喝汤小喝汤小喝小汤"相对。余以为，相比之下，"小汤喝汤小喝汤小喝小汤"似乎稍胜一筹，未知读者诸君以为如何？

虽然佳妙之对未成，因感念诸君之热心，特将四联稍加变更书录于后，以博君子之一笑。楹联曰：

其一

老蔡买菜老买菜老买老菜，

老范做饭老做饭老做老饭。

其二

老蔡买菜老买菜老买老菜，

小牛吹牛小吹牛小吹小牛。

其三

老蔡买菜老买菜老买老菜，

老江吃姜老吃姜老吃老姜。

其四

老蔡买菜老买菜老买老菜，

小汤喝汤小喝汤小喝小汤。

辛卯之冬十二月初五日

兴稼蔡铭泽撰并书于松泉居

（原载《茂名日报》，2012 年 1 月 11 日）

第三辑

书到用时方恨少

书到用时方恨少

读书何用？子夏曰："仕而优则学，学而优则仕。"求其本意，子夏虽然鼓励读书人做官，但更强调为官者读书。奈何，人们往往记取后语而忘却前言，以为孔子官本位意识之依据。此种解读，貌似有理，实则大谬不然。

读书不一定要做官，但做官一定要读书。官者，管也，管理众人之事者也。因是之故，为官者不可不立德，不可不明理，不可不循章。德由何立？理从何明？章自何出？曰唯读书而已矣。只有不断从实践与书本中汲取智慧，方能存是非之心，怀诗书之气，遇事心平气和、张弛有度、进退有据、缓急有序、奖惩得当、游刃有余。古今中外无数杰出的政治家，之所以能够造福民众且名垂青史，概因其好学与笃行而致之也。此可谓心底无私天地宽，腹有诗书气自华。然而，人在官场身不由己，读书之事往往心有余而力不足。历史与现实之中，为官而不学无术者亦夥也。他们饱食终日，无所用心，唯利是图，独断专行。如此庸官，虽然位高权重，实则危如累卵，终究难以为继。待到身败名裂之时，方才感悟"书到用时方恨少"，则悔之晚矣。由此可见，读书须在年少之时，须在未显之时，须在赋闲之时，须在困厄之时。

凡事有动必有静，有进必有退，有合必有分，有显必有隐，有顺必有逆，有得必有失，有利必有害，有乐必有忧。反之亦然。此乃天地循环之道，非人力所能变更者也。故为官处世之道，理应顺乎时势，进退任其自然。奈何为官之人，往往恋栈，难以自拔。俚语有云："人无千日好，花无百日香。"恋栈既久，久则生变。一旦官场失意，人走茶凉，则顿感孤寂。此其时也，门庭冷落，音讯杳然，人情乖张，世态炎凉，尽收眼底，冷暖自知。当此故旧相违、度日如年之际，吾谁可依？曰唯家人，唯挚友，唯平生相伴、不离不弃之书籍。书籍者，可以增长知识，可以开阔眼界，可以慰藉心灵，可以振奋精神，可以强健体魄，可以救赎性命。"请息交以绝游，世与我而相违。悦亲戚之情话，乐琴书以消忧。"陶令所言，盖亦有感于斯耶？更有甚者，虽身陷囹圄而以监舍为书斋，虽遇天灾而以绝境为课堂。读书之魅力何以伟大如此？盖因当此之际，捧而读之，得失不计，利害不较，生死不顾，天理不隐。于是，事理之精微得以探寻，人性之真谛得以考究，思想之火花得以闪烁，文辞之锦绣得以成章，浩然之正气得以养成，生命之辉煌得以张扬。

由是感言，开卷有益，可谓不虚矣。然仔细推敲，开卷未必尽然有益。不开卷肯定无益，而随意开卷或胡乱开卷也未必有益。开卷是否有益，关键在于所开者为何卷。所开者若为黄卷、黑卷或邪卷，则开卷不仅无益，反而有害，害莫大焉。所开者若为正卷、雅卷或香卷，则开卷必定有益，益且无穷。不仅如此，即使所开者为正卷、雅卷或香卷，阅读者亦应正心静气、兼容并蓄，切忌偏执一词、片面发挥。北宋改革家王安石为厉行新政、回击非难，曾以"天命不足畏，祖宗不足法，人言不足恤"相宣示。以改革勇气而论，荆公此言足以振聋发聩，激越千古。然其置天命与人言于不顾，则显然失之偏执。此何故？以其偏执一词也。

中华文化以《易经》为源头，略可分为儒道两家。儒家强调"天行健，君子以自强不息"，此为改革创新思想之源泉也。道家主张"人法地，地法天，天法道，道法自然"，此为科学发展观念之滥觞也。此两者，均为至理名言，执政者若能交相为用，则国家呈现改革开放之生机，人民享受和谐安康之幸福。反之，若循一时之需，撷片面之词，逞偏激之能，则必至天地违和，重苦民生。如此，改革开放可能流于盲目躁进，科学发展或许陷入因循守旧。于是，生态失衡，贫富不均，天怒人怨，长此以往，则非吾所敢言也。

治国安邦若此，修身养性亦然。《易经·谦卦·象传》有云："地中有山，谦。君子以裒多益寡，称物平施。""裒多益寡"为养谦之道，要求修己内圣、功成身退；"称物平施"为挥谦之道，要求济世外王、激流勇进。此两者全面权衡，相机为用，方为万全之策。倘若不求甚解，偏执一端，任性而为，必定事与愿违，悔无及也。每鉴于此，澄怀高洁之士，莫不击节长叹：书到用时方恨少，唯有经典意境高。

（原载《广州日报》，2008 年 5 月 19 日）

《易》之为书也

近来国学大热，渐成一景。猛男超女推波助澜，荧屏声讯热辣传播，坊间书肆杂陈充盈，莘莘学子趋之若鹜。国学复兴，卷土重来，似乎势不可挡。何去何从，吾人拭目以观。

谈论国学，必涉《易经》，因为那是中华文化的根与源。而谈论《易经》，人们又往往联想到那些手持占具、信口雌黄的算命先生。于是，赞誉者奉之若天书，诋毁者斥之为迷信。其实，天书也好，迷信也罢，都是对《易经》的误读、误解和误用。《易》之为书也，自有其本义存焉。

殷商之际，《易》有三法，曰"连山"，曰"归藏"，曰"周易"。"连山""归藏"，古僻深奥，非精于治易者，难以蠡测，至于不传。故所谓"易经"者，《周易》之专门称谓也。文公朱子有云："周，代名也。易，书名也。其卦本伏羲所画，有交易、变易之义，故谓之易。其辞则文王、周公所系，故系之周。"综括朱子之意，《周易》者，周代之易经也。

《易》之为书也，首为卜筮。先民淳朴少智，崇信自然鬼神，每逢大事，必占筮问卦，以定吉凶而趋利避害。卦爻之作，实为占筮之结果与依归也。然数千年间，治《易》者多持义理之说，而忌占筮之论，盖为圣贤者讳耶。迄至南宋，方有朱熹及其生友蔡元定训解《周易》，明示占筮之说。朱蔡所著《易学启蒙》开宗明义标示："圣人所以作《易》，教人卜筮而可以开物成务之精意。"断定《周易》为卜筮之书，无贬于圣贤，且直近于实际，精明勇毅，前无古人，后无疑者。此事之至显，理之至明，千秋不易之论于是定矣。

《易》之为书也，八卦也，六十四卦也。"卦"者，挂也，景物或现象展示之谓也。人处天地之间，其所临所见、至大无隐者有八，曰：天、地、雷、风、水、火、山、泽，此乾、坤、震、巽、坎、离、艮、兑八卦是也。八卦相因，而成六十四卦之数焉。事实上，卦有千千万万，何止八八六十四之数。不过，此六十四卦为先民所面临之重大景象，无法回避，不可或缺。天地乾坤，人居其中，顺天应地，可以无忧。阴阳相交而生难，聚居为屯以经营，此为屯卦。天地初开，前途蒙昧，养正以行圣功，此为蒙卦。其他，如饮食宴乐为需卦，诉讼诘辩为讼卦，容民畜众、兵戎之事为师卦，黄昏娶妇、匪寇婚媾为贲卦，招聘人才为同人卦，按时作息为随卦，淫乱鉴戒为蛊卦，刑法惩恶为噬嗑卦，抗洪救灾为大过卦，张网捕猎为离卦。诸如此类，不一而足。大凡天地初开，生命降临，摄物养生，婚丧嫁娶，捕鱼狩猎，农耕作息，祭祀祈福，从事王事，保境安民，经营策划，修身养性，无所不包，无奇不有。因是之故，《易》之为书也，中华民族之创世纪也。其记载之全面而丰富，其表述之生动而具体，其理念之深邃而周正，完全可与西方《圣经》之"创世纪"相媲美，甚或有过之而无不及。

　　《易》之为书也，伏羲画八卦，文王、周公系爻辞，孔子作《易》传。伏羲之八卦，简洁辽阔，创意无限，玄妙莫测，天书也。文王、周公之爻辞，幽邃缥缈，古奥难辨，神书也。孔子之《周易大传》，释疑解惑，通达晓畅，人书也。由天书而神书，而人书，历数千年，吾民族由蒙昧而入于文明也。其间，孔子探幽发微，为民立则，启迪万代，居功至伟。朱子有云，天不生仲尼，万古长如夜。因是之故，《易》之为书也，文明之史，义理之书也。"天行健，君子以自强不息；地势坤，君子以厚德载物"。此二语，统摄天地，囊括人生，道尽天地人之总则，实为《易经》之精髓。君子依此而行，养天地之正气，法古今之完人，则天人一体，万事亨通。

　　《易》之为书也，始于伏羲，经由文王、周公，以至于孔子而大成。数千年间，无数圣者、贤者与智者相互推演，不断完善，终于成就了体用周正、博大精深之《易经》。故《易》之为书也，智慧之书也，中华民族集体智慧之结晶也。阴阳相交，天地迷蒙，人生旅途，困难重重。天择物竞，趋利避害，逢凶化吉，智慧生焉。智慧者何？曰：善怀万物，谦卑虚己而已矣。谦谦君子，衰多益寡，称物平施。此为智慧之源、生存之本也。以此立身，万物逆睹，视履考祥，未卜先知，未雨绸缪，此为智慧之始也。遽然遭变而不惊，无故加之而不怒，物喜人悲而不较，逆来顺受而不辞，以柔克刚而不馁，此为智慧之中也。阴阳嬗替，祸福相倚，静心养气，待时而变，否极泰来，此为智慧之终也。循此以进，与天地合其德，与日月合其明，与四时合其序，与鬼神合其凶吉。自始至终，人生与智慧相伴，君子可以无忧矣。

集占筮之书、创世之纪、义理之本、智慧之源为一体，且文辞灿烂，《易经》无愧为中华民族优秀文化的根本与源泉。当此社会剧变、人心浮躁、道德衰败之际，诵而读之，亲近民族文化之根，吸吮民族文化之源，有益心身，惠及群伦，善莫大焉。正可谓："虽无严师，如临父母"。

（原载《广州日报》，2007 年 6 月 7 日）

视履考祥

　　"视履考祥"，语出《易经》。其《履卦·上九》云："视履考祥，其旋元吉。""履"为鞋子，引申为人生所走过的道路。"祥"为外界所呈现的吉凶之征兆，引申为人生即将面临的新局面。"视履考祥"，意思是说，处于人生旅途艰难跋涉之君子，应该经常检视自己所走过的道路，并且随时考察前途可能出现的新情况，唯其如此，才可能得到圆满的结果。

　　天高地广，人生其中，艰难丛生，困苦迭出，无法选择，无法回避。处此艰难旅途之中，智者应以内心之和悦柔顺，去应对外界之艰难险阻。如此刚柔相济、内外相应，方能天人和谐、逢凶化吉、顺畅无忧。

　　"视履考祥"，细加分析，我们可以从中归纳出两种相互联系又各自有别的人生态度。"视履"者，中老年人多秉持之以反思过去。"考祥"者，青少年辈多依托之而开拓未来。

　　中老年人习惯于"视履"，是因为他们饱尝人生艰辛，经过艰难奋斗，终于有所成就，回顾总结，冷暖自知。人生之初，父母兄弟，邻里乡亲，故乡山水，一草一木，深深印入他们记忆的"底本"。往后种种，均由此"底本"接纳与调配而成。正可谓："芸芸众生入画来，形形色色添光彩。"由此可见，"视履"之本，源自生命之初始，源自故乡之山水，源自父老乡亲之关爱。以此推而广之，由家庭而学校，由学校而社会，由故乡而他乡，亲人之爱、师生之谊、朋友之情、同事之缘、功名利禄、爱恨情仇，无不在此"视履"之中。于是，从无到有，从小到大，从弱到强，又由强变弱，由大变小，由有变无。人生过程丰富多彩，然而终归于静寂。因是之故，爱亲及人，爱乡及国，爱国及天地万物。人我家国，乃至天地万物，本同一体，浑然难分。"视履"恰如品尝人生之佳酿，挥洒人间之博爱，温故知新，赏心悦目。然而，一个人如果仅仅沉湎于"视履"，则可能因留恋往昔而脱离现实，不思进取。故中老年人在"视履"之余，亦须"考祥"，即既要总结自身丰富的人生阅历，也要积极关注和加入社会进步潮流中。如此，方为积极之态度与健康之人生。

青少年之所以热衷于"考祥"，是因为他们青春焕发、憧憬未来、积极进取。青少年如初生牛犊不怕虎，对外界充满好奇，而无所畏惧。他们常思搏击风浪，一试身手。如果说，中老年人的眼光经常向后顾盼，那么，青少年的目光则始终向前眺望。在他们的视野之中，万事万物色彩斑斓、生机勃勃，前途一片光明。于是，他们积极进取，奋力开拓，以求创造人生之辉煌。正因为如此，人类社会才得以生生不息、不断进步。但是，无畏者往往无知，欲速者常常不达。青少年人生阅历短浅，思虑单纯，积极进取之时，往往忽视前途之崎岖与人生之艰辛。盖因如此，其雄心壮志偶受挫折便萎靡不振，宏图伟业稍欠周全则功败垂成。因是之故，青少年在"考祥"之时，亦应"视履"。"考祥"之义，要求关注未来之机遇，奋力开拓而进取。"视履"之为，则要求总结以往之经验，审慎思虑而后行。青少年若能依此而行，当能既保持旺盛之活力，又常存谨小慎微之态度，永远立于不败之地。

"视履""考祥"，各有所长，各有其短。取其所长，补其所短，合而用之，方为周全。此乃审慎精明之举、进退两全之策、安身立命之基。

（原载《广州日报》，2007 年 6 月 12 日）

抄书之妙

余之生也，愚且钝，博闻强志，未及于人。然品书习文，不甘人后，聊自胜意。所法者何？曰：抄书而已矣。倏忽而知天命，抄书更为日常功课。大凡经典著作、历代妙文，乃至自撰小品，均以蝇头小楷抄而录之。由是，日夜不辍，寒暑不辞，经年累月，积习成性。人或不堪其苦，吾则乐以忘忧。欣欣然，妙不可言。

抄书之妙，首在诵习经典，增长知识。大凡所抄之书，非为经典，即属妙文。此类文字，皆为人类文化之精华，理应为读书之人所熟知。然时运多舛，经典妙文，吾辈知之甚少。假以时日，抄而诵之，或可弥补一二。况且，抄书成诵，手写心记，自然烂熟于胸，倒背如流。经典妙文，终日相伴，抄而诵之，默而识之，知识日见增长，眼界随之开阔。问渠那得清如许，为有源头活水来。日新又新，天天向上，君子之所乐为也。

抄书之妙，次在发挥原著，创制新作。抄人之书，细心揣摩，可以博采众长，融会贯通，丰富自我。倘若灵感生发，洞烛天心，则可发挥余韵，创制新作，甚或有补于先贤。抄己之文，则可从容审视，字斟句酌，查漏补缺，衰多益寡，反复修订，使之渐至佳境。盖抄书品文之中，事理头绪得以张其目，逻辑推演得以循其轨，音韵跌宕得以合其律，神形兼具得以定其型。长此以往，心力协同，求善求美求全，日月不计，利害不较，佳作由是而成焉。

抄书之妙，尤在安神养性，延年益寿。抄书之举，既为经典妙文之欣赏，亦为书法艺术之养成。盖书艺之道，安神养性之道也。汉中郎蔡邕有云："书者，散也。欲书先散怀抱，任情恣性，然后书之。"大凡学书之时，必先静心。心静而生意，意动而导气，气行而出力，力发而运笔。神韵定而意气平，笔墨酣而心神畅，此乃修身养性不二之法门也。至若其谋篇布局之意向、笔意运行之贯注，自我个性之彰扬，均须平心静气，任意而为。倘若稍存杂念，必至荒腔走板，画虎不成反类犬也。由此可见，抄书之要妙，全在营造洁静精微氛围之一端耳。凡夫俗子如我辈等，日常生活之中，事不如意者十之八九。此皆争强好胜、意迷气躁之使然。若入此书法妙境，无谓之是非皆可搁置，多情之烦恼顿时忘却。于是乎，手眼勤而心志专，胸臆畅而心神宁，意气正而节操存也。古人云："主静则悠远博厚，自强则坚实精明，操存则气血循轨而不乱，收敛则精神内守而不浮。"由此以进，可以慕圣贤而致寿考也。

纵观史乘，凡成大事者，无不曾痛下抄书苦功。北宋末年，中原倾覆，皇室成囚，衣冠易色。康王赵构临危受命，稳定半壁河山，居功至伟。值此危乱之际，高宗皇帝，以万乘之尊，万几之繁，仍亦亲洒宸翰，遍写九经，云章灿然，始终如一，自古帝王未之有也。江山社稷赖以安定，功成名就而能禅让，致高寿而享清福，一代君王有此定力与气象，其读书之广与抄书之勤，不无助益也。近人曾文正公遭逢乱世，平定天下，位极人臣，立功立言立德，可谓三不朽。观其所以至此者，其抄书之勤亦居功至伟也。

《曾文正公全集》有《经史百家抄》数卷，于此可见其用力之勤与涵养之深也。"静几明窗书小字，长松落雪惊醉眠"，正是曾文正公终生所追求的美妙境界。

（原载《广州日报》，2007 年 8 月 21 日）

告密之风与酷吏峻刑

唐则天后垂拱元年（685年），三月，戊申，太后命铸铜为匦：其东曰"延恩"，献赋颂、求仕进者投之；南曰"招谏"，言朝政得失者投之；西曰"申冤"，有冤抑者投之；北曰"通玄"，言天象灾变及军机密计者投之。命正谏、补阙、拾遗一人掌之，先责识官，乃听投表疏。

徐敬业之反也，侍御史鱼承晔之子保家教敬业作刀车及弩，敬业败，仅得免。太后欲周知人间事，保家上书，请铸铜为匦以受天下密奏。其器共为一室，中有四隔，上各有窍，以受表疏，可入不可出。太后善之。未几，其冤家投匦，告保家为敬业作兵器，杀伤官军甚众，遂伏诛。

自此，太后疑天下人图己，且久专国事，内行不正，知宗室大臣怨望，心不服，欲大诛杀以威之。乃甚开告密之门，有告密者，臣下不得问，皆给驿马，供五品食，使诣行在。虽农夫樵人，借得召见廪于客馆，所言或称旨，则不次除官，无实者不问。于是四方告密者蜂起，人皆重足屏息。

有胡人索元礼，知太后意，因告密召见，擢为游击将军，令按制狱。元礼性残忍，推一人必令引数十百人，太后数召见赏赐以张其权。于是尚书都事长安周兴、万年人来俊臣之徒效之，纷纷继起。兴累迁至秋官侍郎，俊臣累迁至御使中臣，相与私蓄无赖数百人，专以告密为事。欲陷一人，辄令数处俱告，事状如一。俊臣与司刑评事洛阳万国俊，共撰罗织经数千言，教其徒网罗无辜，织成反状，构造布置，皆有枝节。太后得告密者，辄令元礼等推之，竟为讯囚酷法。酷法有"定百脉""突地吼""死猪愁""反是实"等名号，或以橡关手足而转之，谓之"凤凰晒翅"；或以物绊其腰，引枷向前，谓之"驴驹拔橛"；或使跪捧枷，累甓其上，谓之"仙人献果"；或使立高木，引枷尾向后，谓之"玉女登梯"；或倒悬石缒其首，或以醋灌鼻，或以铁圈毂其首而加楔，至有脑裂髓出者。每得囚，辄先陈其械具以示之，皆战栗流汗，望风自诬。每有敕令，俊臣辄令狱卒先杀重囚，然后宣示。兴、元礼所杀各数千人，俊臣所破千余家。太后以为忠，益宠之。中外畏此数人，甚于虎狼。

酷吏坐大，神人共愤，太后诛杀之。兴流岭南，在道，为仇家所杀；俊臣弃市，仇家争啖其肉，须臾而尽，抉眼剥面，批腹出心，腾踢成泥。太后知天下恶之，乃下制数其罪恶，曰："宜加赤族之诛，以雪苍生之愤，可准法籍没其家。"士皆相贺于路曰："自今眠者背始贴席矣。"

（原载《广州日报》，2007 年 5 月 23 日）

漫话武则天

　　李世民是中国历史上少有的英明之主，"贞观之治"是少有的太平盛世。其时也，政治开明，民生殷实，万国来朝。但是，到了李世民之子高宗李治手中，皇室大权开始旁落。

　　武则天以李家媳妇干预朝政，最终取天下而代之。一旦大权在握，她便独断专行，肆无忌惮。撮其要者，大致有五：一是杀戮仇家。例如，杀皇后王氏、萧氏，流放、诛杀长孙无忌家族和宰相褚遂良。"诛唐宗室数百人，次及大臣数百家，郎将以下不可胜数"。二是重用酷吏。例如，索元礼、周兴、来俊臣等，罗织罪状，陷害忠良，滥杀无辜，制造人人自危的恐怖气氛。"兴与索元礼、来俊臣竞为暴刻，兴、元礼所杀各数千人，俊臣所破千馀家"。三是反复无常、赏夺爵位无度。宰相以下多不善终，酷吏用后伏诛以邀名声，忠臣酷吏不得善终。四是大兴土木。起通天神宫于洛阳，铜为柱、金铸顶，极尽奢华，又遍筑行宫于山水之间，劳民伤财。五是蓄俊男、秽乱春宫。先是，与白马寺和尚冯小宝（即薛怀义）苟合，后又以张易之、张昌宗兄弟为面首。随心所欲，荒淫无耻。有此五者，则天武后虽为千古一帝，终为青史厚非。

　　但是，晚年的武则天也做了几件好事：一是诛杀酷吏周兴、索元礼、来俊臣，以谢天下。太后知天下恶此数人，乃下制数其罪恶，加赤族之诛，以雪苍生之愤。二是，任用贤相狄仁杰、魏元忠、张柬之等。此三者均为后来匡复唐室之功臣。三是，拒立武三思为太子，坚持以庐陵王李显（即中宗）为太子，使李家天下得以复辟。四是，面临逼迫，主动退位。704年，太后疾甚，张昌宗用事。张柬之、崔玄炜、桓彦范等谋诛张氏兄弟，逼太后退位。面临不可挽回之颓势，次年（705年），太后传位于太子，复国号唐。

曾几何时，则天武后势焰熏天，不可一世。到头来，却落得流水落花春也去，撒手人寰终抱恨。

（原载《广州日报》，2007年5月28日）

除恶务尽

则天武后执政，任用酷吏，亲信二张，培植诸武，天下缄口，道路以目。但晚年颇思节制，不废太子，任用贤臣，为其死后江山复归李氏铺平了道路。

则天长安四年（704年），太后疾甚，大臣张柬之、崔玄炜、敬晖、桓彦范、袁恕己等拥太子李显发动宫廷政变，诛太后近宠二张兄弟，迫太后退位，是为中宗。中宗皇帝赐张柬之、武三思等十六人以铁券，自非反逆，各恕十死。洛州长使薛季昶谓柬之等曰："二张虽除，诸武犹在，除草不去根，终当复生。"柬之曰："大事已定，彼犹机上肉耳，夫何能为！所诛已多，不可复益也。"不从。季昶叹曰："吾不知死所矣。"后柬之悔，数劝上诛诸武，上不听。柬之叹曰："主上昔为英王，时称勇烈，吾所以不诛诸武者，欲使上自诛之以张天子之威耳。"

中宗皇帝，无能之辈，内既屈于妇人，外复刚愎自用。初，韦后生邵王重润及长宁、安乐二公主。上之迁房陵也，安乐公主生于道中，上特爱之。上在房陵与后同幽闭，备尝艰危，情爱甚笃。上每闻敕使至，辄惶恐欲自杀，后止之曰："祸福无常，宁失一死，何遽如是！"上尝与后私誓曰："异时幸复见天日，当惟卿所欲，不相禁制。"韦氏及为皇后，遂干预朝政，如武后之于高宗。大臣谏止，皆不听。

上女安乐公主适三思子崇训。上官婉儿，仪之孙女也，仪死，没入掖庭，辩惠善属文，明习吏事。武则天爱之，百司表奏多令参决；及上即位，又使专掌制命，益委任之，拜为婕妤，用事于中。三思通焉，故党于武氏，又荐三思于韦后，引入禁中，上遂于三思图议政事，张柬之等受制于三思矣。上使韦后与三思双陆，而自居旁为之点筹，三思遂与后通，由是武氏之势复振。

先是，殿中侍御史郑喑诣二张，二张败，亡入东都，私谒武三思。初见三思，哭甚哀，既而大笑。三思怪而问之，曰："始见大王而哭，哀大王将戮死而灭族也。后乃大笑，喜大王之得愔也。大王虽得天子之意，彼五人皆据将相之权，胆略过人，废太后如反掌。大王自视势位与太后孰重？彼五人日夜切齿欲噬大王之肉，非尽大王之族不足以快其志。大王不去此五人，危如朝露。"三思大悦，以为谋主。

三思与韦后日夜潜毁柬之、敬晖等"恃功专权，将不利于社稷"。上信之。三思等因为上策划，"不若封晖等为王，罢其政事，外不失尊宠功臣，内实夺之权。"上以为然。中宗神龙二年（706 年），以侍中齐公敬晖为平阳王、桓彦范为扶阳王、张柬之为汉阳王、袁恕己为南阳王、崔玄炜为博陵王，大权尽归三思。

武三思阴令人疏皇后秽行，榜于天津桥，请加废黜。上大怒，令御史大夫李承嘉穷究其事。承嘉奏言："五王使人为之，虽云废后，实谋大逆，请族诛之。"上以五王尝赐铁券，许以不死，乃长流晖于琼州，彦范于襄州，柬之于龙州，恕己于环州，玄炜于古州，子弟年十六岁以上皆流岭外。

三思又讽太子上表，请夷晖等三族，上不许。中书舍人崔是说三思曰："晖等异日北归，终为后患，不如遣使矫制杀之。"三思问谁可使者，是荐大理正周利用。利用先为五王所恶，贬嘉州司马，乃以奉使岭外。彼至，柬之、玄炜已死，遇彦范于贵州，令左右缚之，曳于竹搓之上，肉尽至骨，然后杖杀。得晖，剐而杀之。恕己素服黄金，利用逼之使饮野葛汁，尽数升不死，不胜毒愤，锫地，爪甲殆尽，仍捶杀之。利用还，拜御使中臣。

张柬之等五大臣，于危亡之秋，逼宫武后，匡复唐室，功炳史册。惜不听人言，乘胜追击，根绝诸武，反为所害，遗恨千秋。

（原载《广州日报》，2007 年 5 月 29 日）

上官婉儿其人

香港凤凰卫视播出的40集电视连续剧《上官婉儿》刚刚结束，笔者忙里偷闲，断断续续领略一二。总体而言，有历史感，有人情味，也有吸引力。但是，看后总觉别扭，似乎在武周时期尖锐复杂的政治斗争中，上官婉儿是个翻手为云、覆手为雨的角色，连大权独揽的武则天也听她摆布。更有甚者，似乎日后大唐盛世也由她精心策划，后来不知所终，真是匪夷所思。那么，上官婉儿究竟是个什么样的人？她是不是有那么大本事？读者诸君，如不厌烦，且听在下告知一二。

历史上，上官婉儿确有其人。《资治通鉴》中有两处关于她的记载：

上官婉儿，仪之孙女也，仪死，没入掖庭，辩惠善属文，明习吏事。武则天爱之，百司表奏多令参决；及上（中宗李显）即位，又使专掌制命，益委任之，拜为婕妤，用事于中。三思通焉，故党于武氏，又荐三思于韦后，引入禁中，上遂与三思图议政事，张柬之等受制于三思矣。

初，上官昭容（即上官婉儿）引其从母之子王昱为左拾遗，昱说昭容母郑氏曰："武氏，天之所废，不可兴也。今婕妤附于三思，此灭族之道也，愿姨思之！"郑氏以戒昭容，昭容弗听。及太子重俊起兵讨三思，索昭容，昭容始惧，思昱言；自是心附帝室，与安乐公主各树朋党。及中宗崩，昭容草遗制立温王，以相王辅政；宗、韦改之。（睿宗景云元年，710年）李隆基发动宫廷政变，上官婉儿约为内应。及隆基入宫，昭容执烛帅宫人迎之，以制草示刘幽求，幽求为之言，隆基不许，斩于旗下。

这两段记载清楚地说明：上官婉儿是一个美丽、聪明、能干的女官，得到武则天和中宗皇帝的重用。在宫廷斗争中，由于处于特殊的位置，她不得不树立朋党，先是党于武三思，后来才心附帝室。在李隆基发动的宫廷政变中，她本来约为内应，但不为隆基所谅，斩于乱军之中，并非"不知所终"。可见，上官婉儿确实是一个悲剧性的历史人物，这也正是电视连续剧《上官婉儿》感人的魅力所在。

（原载《广州日报》，2007年5月30日）

《色·戒》何为

丁亥夏秋，电影《色·戒》席卷华夏，风靡环宇。众相观赏，趋之若鹜。热辣评议，喧哗如潮。赞赏者誉为艺术精品，贬抑者斥为斯文败类。更有甚者，以其"歌颂汉奸""丑化英雄"，痛加声讨。真可谓谈"色"而色不变，论"戒"而戒无疆也。然而，《色·戒》何为？"色"何以要"戒"？对此，众人鲜有论及。

余以为，要回答这一问题，必须明了《色·戒》所涉及的一系列复杂关系或矛盾。概而言之，这些关系或矛盾，大致包括以下五个方面。兹不揣冒昧，略陈其义，以博君子之一笑。

其一，中日两国为敌，战火弥漫神州，景况空前惨烈，此为中日民族之关系或矛盾也。近代以来，日本军国主义崛起，侵略兽性疯狂，屡屡祸害中华。抗日军兴，神州怒吼，保家卫国，气壮山河。中华儿女生死不顾，情色之间安可眷恋?! 此为大时代，此为大背景，舍此而谈《色·戒》，无异于痴人说梦、隔雾看花。

其二，汪蒋公开对立，宁渝分道扬镳，正邪不共戴天，此为利益集团之关系或矛盾也。重庆国民政府，坚持抗日，赢得全民之拥护；南京汪伪集团，屈膝求和，早为历史所唾弃。敌我既已分明，形势判若水火，此事之至明、理之至显也。是故，凡抗日者皆吾友，凡乞和者均吾敌。《色·

戒》于此，爱憎分明，无可置疑。

其三，斗争尖锐复杂，敌我杂糅纠葛，情色惑乱理智，此为情理之关系或矛盾也。当此之际，有壮士侠女挺身而出，深入虎穴，与敌周旋。他们肩负特殊使命，含纳奇耻大辱，个人情感饱受煎熬。处此重压之下，使命与情感混淆难辨，往往发生错位。此种情景，在以"色"事人之《色·戒》主人公王佳芝身上表现尤为明显。一方面，她立志报国，舍身除奸，忠魂侠胆，可谓铁石心肠。另一方面，她以色事敌，耳鬓厮磨，日久生情，难免假戏真做。使命与情感相互交织，色欲共理智混为一体。爱恨情仇反复折磨，终于使她方寸大乱，以致关键时刻，错失良机，酿成大祸。

其四，纯真归于寂灭，狡诈适于生存，可兴浩然之叹，此为善恶之关系或矛盾也。以质朴纯洁之少年与老奸巨猾之恶魔相周旋，其成败得失，不难预料。可怜青年学子，激于爱国热情，自发奋起锄奸。其志也高洁可嘉，其情也真挚可感，其行也天真可叹。身遭杀戮之祸，同辈皆成新鬼，正义归于毁灭，奸邪继续张扬。此事之可悲而情何以堪者也。然纯洁象征正义，青春充满希望，未来属于青年。善美虽被践踏，丑恶得以昭彰，世人借以警醒，正义终将弘扬。此乃悲情之力量、不易之定势也。

其五，人为万物之灵，人性兽性兼具，善美丑恶尽存，此为灵魂深处人性与兽性之关系或矛盾也。其美丽善良如王佳芝者，纵然纯洁无瑕，尚且纵情色欲而不自拔，终至善恶颠倒，是非不分，悔无及也。其丑恶狡诈如易先生者，固然狠毒凶残，亦能怜香惜玉而真情略动，待到人性泯灭，精神几近崩溃，痛苦伴随终生。由此可见，凡为人类之属，灵魂深处常存人性兽性竞争。人性胜于兽性，则善良焕发；兽性蚕食人性，则邪恶张狂。由是人生痛苦不已，世界难得安宁。救赎之道，或在人性之张扬，与夫兽性之自抑耶？《色·戒》于此，有深意焉！

　　色者人之美貌也，戒者人之自律也，食色者人之本性也。本性之事，戒之未可严苛，然色绝不可乱。色乱可以乱性、乱情、乱心志，色乱可以丧朋、丧家、丧性命，色乱可以亡党、亡国、亡天下。色之不戒，其害如此，触目惊心！少年之时，血气未定，情迷色乱，安可不戒耶？

（原载《广州日报》，2008 年 1 月 21 日）

第四辑

为文必有英雄气

为文必有英雄气

目前，大学生乃至研究生的学位论文，常易犯以下五种错误：一曰选题陈旧，拾人牙慧，无新鲜感；二曰框架不正，思路不清，欠周正感；三曰材料堆砌，生搬硬套，缺原创性；四曰概念叠加，空洞推演，乏自主性；五曰"点评"有余，"述论"不足，更少"论述"，寡思辨性。此类弊端之所由生也，概因当今学子未把学位论文当作一件神圣的工作来对待。他们平时知识储备不足，急时烧香抱佛，不能不出此下策也。

欲矫上述弊端，必先读书。而读书必先买书，买书、读书和写书，乃为学者必然面对之事实，亦为学者成长必由之途径。除附庸风雅者外，绝大多数人买书是为了读书，而对一部分人而言，读书又是为了写书。然而，写书必先为文，为文必有英雄气。

何谓英雄气？一般人鲜有深究，难以一语而定。兹举两例，略揣其义：

德国古典音乐大师贝多芬创作了许多名曲，但他二十八岁时失聪，从此他再也听不见自己的作品了。为此，他痛苦万分。在写给弟弟的信中，他说：Such circumstances brought me to brink of despair and well—nigh made me put an end to my life：nothing but my art held my hand. （"这种景况将我推向绝望的边缘，我几乎自绝于世。不是别的，正是我的艺术拯救了我的生命。"）

中国古代伟大的史学家和文学家司马迁因为李陵兵败辩诬而身披宫刑。遭此奇耻大辱，他痛不欲生，是以肠一日而九回，居则忽忽若有所亡，出则不知其所往。然而，他隐忍苟活，发愤著书，终于完成了《史记》这部千古不朽的文史巨著。在谈到当时的心情时，他说："所以隐忍苟活，幽于粪土之中而不辞者，恨私心有所不尽，鄙陋没世，而文采不表于后也。"

由是以观，所谓英雄气者大致包含下列四义：其一，英雄气是对自己所从事之崇高事业的执着追求。天地人寰之间，英雄之于事业，无不视事业如生命，甚至高于生命。其事业目标一旦确立，则终生为之奋斗。其二，英雄气在本质上具有悲剧色彩，能产生震撼心魄的感染力。孟子曰："天将降大任于斯人也，必先苦其心志，劳其筋骨，饿其体肤，空乏其身。行拂乱其所为，所以动心忍性，曾益其所不能。"崇高事业之实现，必经种种之磨难。然而艰难困苦，玉汝于成，知其不可而为之，事业未竟亦英雄。其三，英雄气表现为对事业之无限忠诚。其为人也，为达成事业之目标，不为任何险阻所动摇，不向苦难命运低头，虽冒万死而不辞，虽蒙奇耻而苟活，虽无人知而笃行。真可谓冒死犯难、不弃不离、无怨无悔。其四，英雄气能够超越现实之困窘，放眼千秋之荣光。凡有此英雄气概之人，必定胸怀广阔、识量宏远。他们可以超凡脱俗，不计较一时一事之得失，而放眼于千秋万代之荣光。因是之故，往往能够超越现实之困窘，达成事业之辉煌。总而言之，所谓英雄气者，乃正义之气、奋发之气、忠贞之气，与夫豪放之气者也。

英雄气造就英雄人物，英雄人物成就英雄事业，英雄事业铸就英雄时代。英雄时代已经远去，但平凡时代仍需要英雄气。有了这种英雄气，事业才有高标，人生才有价值；有了这种英雄气，世风不至委顿，社会才有风范；有了这种英雄气，胸中才有海岳，笔端才有妙词，文章才有雄魂。于是乎，其为文也，感情充沛，文辞恣肆，奔腾澎湃，如惊涛拍岸，势不可当。

（原载《羊城晚报》，2005 年 4 月 26 日）

文章天成

文章要写得好，要能够悦己愉人，要能够流传久远，要能够占据历史时空，余以为应注意以下五个要点：

一曰，文章有"道"。文章之"道"，乃自然之道。自然者，客观外界之存在也。文章者，人们对客观外界事物之体认与表现也。万物有道，自然即美，文章天成。若山峰之巍峨，有顶层、中层和底层之分别；若河流之奔涌，有上游、中游与下游之次第；若草木之繁盛，有根部、干部及枝叶之呈现；若人生之演化，有少年、中年及老年之递进；至于奇花异石、鸟兽鱼虫，无不各有其斑斓之色彩与精美之图纹。凡此种种，皆由天道自然生成，绝非人力之所为功也。文章若能发现和体认此类自然之美，并且力图将它们表现出来，斯即佳文。由此可见，文章之主题与内容均来自客观外界。非但如此，即使文章之结构及表现形式亦须与客观外界事物之结构及特征相吻合。其实，文章之结构及表现形式早已存在于客观世界事物之中，作者的任务在于感悟它、发现它和表现它。依此而言，"文章天成"，不为虚妄也。正因如此，南宋诗人陆游有言："文章本天成，妙手偶得之。粹然无疵瑕，岂复须人为。"然而，客观外界事物无边无际，尽善尽美，而人的认识能力毕竟有限。因此，人们对自然之美只能部分地、逐渐地发现它、接近它和表现它，绝不可能一次性地永久而全面地穷尽它。

此中情形，正可谓"文章有佳境，可近不可及"。

二曰，文章有"魂"。文章之"魂"，乃文章之主旨。主旨既为文章之魂，则其必须高远而纯正。古人所谓"文以载道""思无邪"者，盖此之谓耶?! 文章主旨之高远而纯正要求作者品格高尚与性情优雅。有些人虽然才华横溢，但由于缺乏高尚情操，终究难成大器，更遑论创制佳作。他们对人生和社会抱持一种游戏心理，对文章采取一种玩弄态度，故写出的时文华而不实、美而无信、行之不远。若品行高洁之士，自然胸怀天下、脚踏实地、与民同心。故其为文也，悲天悯人，气势宏阔，哀而不伤，怨而无悔，乐而忘忧，风范天下，万口传颂。文如其人、人如其文，此言不虚也。文章之有"魂"，还包括文章之主题必须新颖，不能拾人牙慧、了无新意。文章新颖之主题从何而来? 曰从生活中来，从自身独立观察与思考中来。删繁就简三春树，标新立异二月花。艺术创作如此，为文之道亦然。

三曰，文章有"情"。文章之"情"，乃作者对所表述之对象与内容所寄予之深切情感。此种情感来自作者对生活之无限热爱，来自作者对所反映对象的深入了解，来自作者对世间万事万物之细心体悟。大凡作者欲表达某一内容，首先必须大量感受此类事物，并且对此类事物充满感情，然后才能有感而发。作者对事物之情感，或欣悦，或厌恶，或赞赏，或贬斥，都应该在文章中或显或隐，或直接或间接地表现出来。文章贵有真情，而真情尤贵高雅。若一己之私情、愤懑之偏情、造作之虚情、娇艳之媚情，与狂迷之乱情，均为文章所不宜。因是之故，作者之情有感而发，并非感而即发或感而滥发，而是求善求美求全，感而后发。唯其如此，文章方有真情，真情方为纯美，纯美方能动人。

四曰，文章有"形"。文章之"形"，乃文章之内容与结构。它要求文章内容充盈，架构匀称。譬如人体之俊美，除体格匀称之外，尚需血肉丰满，肌肤圆润，气韵生动。若仅有一副好身架，但骨瘦如柴，无精打采，肯定难以取悦观众。阅人若是，作文亦如此。纯真健美之主题与方正周全之结构，必然要求所涉及内容充实丰满。内容充实丰满，则必然要求材料确实而富有、选择得当而精准。一般而言，材料确实而富有，或不为难事。选择得当而精准，则必须舍得割爱。对于那些可有可无之材或不痛不痒之料，必须痛下决心，坚决舍弃。依此而行，剪裁得当，文章自然体态端庄、血肉丰满、气韵流畅、天衣无缝。

五曰，文章有"声"。文章之"声"，乃自然之声在文章中之回响，乃文章内在逻辑推演之韵律及行文跌宕起伏之势能在人们心灵之中所引发之音响印迹。刘勰《文心雕龙·原道》云："至于林籁结响，调如竽瑟；泉石激韵，和若球锽。故形立则章成矣，声发则文生矣。"此乃自然之声在文章中之回响者。若文章之内在逻辑推演之韵律，则犹如一股强大的气息，奔涌升腾，贯穿全文，使人心顺意通、神清气爽。行文跌宕起伏之势在人们心灵之中所能引发之音响印迹，婉若一曲美妙的乐章，其如金石相击而叮咚作响，或如春风拂面而窃窃私语，或如高山流水而声韵悠扬。文章有"声"，悦人耳目，畅我胸怀。

（原载《广州日报》，2007 年 5 月 21 日）

时代歌声

改革开放三十年，天翻地覆，人间巨变。逝者已成追忆，来者未可逆睹，唯一可视可依者，现在也。然而，人类通过文字、影像和音响可以温习过去、记录现在、昭示未来。近日，中央电视台举办《歌声飘过三十年》大型文艺晚会，以纪念改革开放的伟大历程。一首首优美动听的歌曲仿佛又将我们带进了那波澜壮阔的历史洪流之中。

纵观改革开放历程，三十年大致跨越四个年代，约可分为四个阶段。与此相适应，此一时期所产生之优秀歌曲亦可分为四种类型。

一九七六年十月，"四害"铲除，妖雾廓清，举国上下，一片欢腾。"美酒飘香啊歌声飞，朋友啊请你干一杯，请你干一杯。胜利的十月永难忘，杯中洒满幸福泪。"这首由韩伟作词、施光南作曲、李光羲演唱的《祝酒歌》，真实而生动地表达了饱受十年"文革"浩劫之苦的人民大众一朝获得解放之后而产生的无比喜悦的心情。正因为如此，这首歌曲便拥有了广大受众，占据了历史时空，成就了艺术经典。

二十世纪八十年代初、中期，中国政治开明、经济发展，民风淳朴，一派生机勃勃。"我们的家乡在希望的田野上，炊烟在新建的住房上飘荡，小河在美丽的村庄旁流淌。……我们世世代代在这田野上生活，为她富裕，为她兴旺……为她增光。"这首由陈晓光作词、施光南作曲、彭丽媛演唱的歌曲《在希望的田野上》反映出人民群众对共产党和人民政府充满信任，对未来生活满怀希望。透过这豪迈的歌声，世界为之惊羡：这是一个多难中兴的时期，这是一个豪情满怀的民族，这是一个朝气蓬勃的国度。

然而，凡事有起必有伏，有进必有退，有顺必有逆。中国社会之发展正是如此。经历八十年代末期的政治风波之后，改革开放何去何从，特别引人关注。社会急剧变化，一时泥沙俱下，鱼目混珠，真假难辨。人们目迷五色，身不由己，徘徊惶惑，不知所向。此种情形，正如由阎肃作词、孙川作曲、那英演唱的歌曲《雾里看花》所云："雾里看花，水中望月，你能分辨这变化莫测的世界？涛走云飞，花开花谢，你能把握这摇曳多姿的季节？……借我一双慧眼吧，让我把这纷扰，看得清清楚楚、明明白白、真真切切。"词曲作者及演唱者本意在于宣传维护消费者权益的打假活动，但这首歌曲却正好反映了社会剧变之中人民大众所表现出的彷徨、迷茫和无奈的态度。正因为契合了人民群众真假难辨、信仰尽失、彷徨迷惑的心态，这首歌一炮走红，万口传唱。此其所谓"有心栽花花不发，无心插柳柳成荫"也哉?! 然而，时代前进的步伐终不可挡。一九九二年春天，邓小平南方视察，改革开放春潮再起。于是，一曲由蒋开儒、叶旭全作词，王佑贵作曲、董文华演唱的《春天的故事》传遍大江南北，响彻神州大地。"有一位老人，在中国的南海边写下诗篇，天地间荡起滚滚春潮，征途上扬起浩浩风帆。春风啊吹绿了东方神州，春雨啊滋润了华夏故园。啊，中国！啊，中国！你展开了一幅百年的新画卷，……捧出万紫千红的春天。"历来歌功颂德之作何止千千万万，但却被雨打风吹去，或者成为历史的笑柄。

唯有此曲能广泛传唱，历久不衰。其故若何？曰：与人民同命运，合时代之脉搏也。

告别二十世纪九十年代，进入新的世纪，中国社会全面开放，竞争更趋激烈，利益分化日益明显。人们在享受社会进步成果的同时，也深深感到生存与竞争的压力。于是，人与自然之间，人与社会之间，人与人之间，乃至人本身之身与心之间，产生了严重的不适应、不协调、不和谐的状态。值此彷徨苦闷之际，由何训友、何训田作词作曲，朱哲琴演唱的《阿姐鼓》正好代表了人们对心灵家园的呼唤与追寻。"我的阿姐从小不会说话，在我记事的那年离开了家。从此，我就天天天天天天的想阿阿姐呀。""天边传来阵阵阵阵鼓声，那是阿姐对我说话：唔唵嘛呢哎嘛呢嘛呢呗呗哞，唔唵嘛呢哎嘛呢嘛呢呗呗哞。"向往自然，祈求神佑，返璞归真，成为新世纪人们普遍关注的话题。恰当此时，执政者明确提出了人文关怀与和谐发展的口号。此中情形，正如老子所谓："大道废，有仁义；慧智出，有大伪；六亲不和，有孝慈；国家昏乱，有忠臣。"不过，能够看到社会的矛盾和冲突，并且弘扬人道主义和普世价值观念，总不至于遭人诟病。但是，人们在张扬人性、向往自然之时，亦应保持理性、直面现实。否则，难免陷入自然主义与神秘主义的泥淖。

伟大时代孕育美妙歌声，美妙歌声反映伟大时代。时代与歌声紧密相连，默然契合，相得益彰。唯其如此，时代乃为伟大之时代，歌声遂成美妙之歌声。

（原载《东江时报》，2009 年 1 月 10 日）

好歌曲美在何方

　　余好歌曲，乐而忘忧。虽目不识谱，口难成调，仍心向往之。好歌曲美在何方？吾感之于心，宣之于口，而未敢形之于笔，尔来三年有余矣。此何故？曰专业所限而知识未及也。近日，中央电视台举办《歌声飘过三十年》大型文艺晚会，以纪念改革开放的伟大历程。一首首优美动听的歌曲仿佛又将我们带进了那波澜壮阔的历史洪流之中。由是感言，所谓歌曲者，词与曲之相合、歌者之所演唱、受众之所乐闻而愉悦者也。以此推知，好歌曲之美者，词美、曲美、音美、意境美之谓也。

　　凡歌必有词，词必求其优美。歌词之优美，首在反映自然，描绘客观世界万千气象之美景。山河壮丽，大地锦绣，日月轮替，四季变换，万物生息。此乃自然界绝妙之景致，歌词若能反映及此，必定令人心旷神怡、赏心悦目、安泰祥和。歌词之优美，次在反映人类生活，展示丰富多彩之人生。天地之间，生为万物之灵。其出生入死、爱恨情仇、欢乐痛苦、盛衰荣枯，无时不有，无处不在。歌词若能反映及此，必定令人超越世态炎凉，感悟人生真谛，契合天人之道。歌词之优美，尤在把握时代发展之脉搏，抒发人民大众之心声。当代中国，改革开放，天翻地覆，人间巨变。当此社会剧变、泥沙俱下之际，人们难免目迷五色，真假不辨，无所适从，怨气冲天。歌词若能反映及此，必定令人感受时代脉搏、顺应发展潮流、推动社会进步。总而言之，歌词之优美，在于求真、求善、求美，在于反映自然、反映人生、反映时代。唯其如此，好歌曲才能深入人心、万口传唱，历久不衰。

好歌词不易得，好曲调更难求。故好歌曲之美，尤其美在曲调。歌之曲调自何而来？曰来源于自然界与人类社会生活中客观存在之各种美妙音响及其韵律。以自然界之音响而言，若天风之浩荡，若山陵之崩裂，若江海之咆哮，若溪水之欢唱，若林木之细语，若虫鸟之清脆，若百花之飘香。以人类之声音而言，若劳动之口号，若呼吸之扬抑，若快乐之欢娱，若忧伤之悲泣，若少年之雀跃，若中年之奋发，若老成之悠扬。凡此种种天籁人声反映于作曲家头脑之中，经过加工提炼与组合升华，酿制成美妙的乐章。这些乐章或欢乐明快，或凄美悲凉，或雄浑典雅，或激越清扬。大凡乐曲之属，皆由主旋律与辅旋律组合而成。所谓主旋律者，乐曲之主调也。它反复出现，体现乐曲之风格，彰显乐曲之性灵，引领乐曲之行进。所谓辅旋律者，乐曲之配调也。它起承转合，丰富滋润，烘托补充，使主旋律得以发挥、得以张扬、得以统领篇章。主旋律之于辅旋律也，犹如树干伟岸之于枝叶繁盛，犹如高峰突兀之于山峦起伏，犹如大河奔流之于百川交汇，犹如身体躯干之于肌肤毛发，犹如人之灵魂之于思想言语。这些乐曲，作用于我们的感官，冲击着我们的心房，张扬着我们的灵性，引领着我们走进那艺术的殿堂。

美词妙曲，尚需歌者演绎，方能传播远扬。当今之世，人们重视参与，歌咏自娱自乐，蔚成时尚。每逢盛典雅集，人人一展歌喉，虽无绕梁三日之功，亦有震惊四座之效。更有一班快男超女，借此打造声势，往往一夜成名。于是，歌坛新秀蜂起，社会粉丝蚁从，名优大家，难以专其美矣。由此看来，人人皆有音乐天赋，个个或可成为歌唱名家。然而，歌咏之事绝非儿戏，名优大家终需千锤百炼。余观乎，名优大家之长成无不经过刻苦之磨砺，无不具备深厚之人文素养。唯其如此，他们才能准确而深刻地理解与把握词曲之精髓，并将其化为自身之心声，自然畅快地流淌而出。这样的演唱，必定音质优美、吐词清晰、气韵深厚、感情充沛。这样的歌声，或清新明快，或雄浑大方，或温润婉约，或高亢激昂，或幽邃悠远，或典雅辉煌。依此而言，歌者对歌曲之演绎不仅仅是对词曲的机械模仿或简单传送，而是对词曲作者艺术情感的深切体悟和二度创作。于是，天籁之声得以传闻，金声玉振出自心房，深情厚意感人肺腑。在这优美动听的歌声中，亿万听众耳愉目悦、手舞足蹈、激情飞扬，乃至随声和唱。于是乎，名歌手备受万众敬仰，好歌曲得以周传天下。

　　美词妙曲好歌声，愉悦听众耳目，抚慰听众心灵，必定在他们的脑海中建构起一幅幅美妙的意境。此种意境乃传授双方沟通之基础，亦为歌曲美灵魂之所在。此类意境，约略可分为二：一为直接意境，一为间接意境。所谓直接意境者，歌曲直接展示之具体景象也。因其直接具体，无须人为加工创造，所以又可称为具体意境或具象意境。此类意境使人身临其境，感同身受，忧乐与共，从而超越现实生活中之苦与乐。"泉水叮咚，泉水叮咚，泉水呀叮咚响。跳下了山岗，走过了草地，来到我身旁。泉水呀泉水，你到哪里去？唱着歌儿，弹着琴弦，流向远方。"《泉水叮咚响》这首歌曲为我们展示的正是这样一幅泉水叮咚作响、一路欢歌的直接而具体的意境。所谓间接意境者，盖由歌曲之直接意境引发而出，抑或由听众从词曲作者所欲表达的空灵玄妙的意念中体悟得来。因是之故，间接意境亦可称为抽象意境或虚象意境。歌曲《阿姐鼓》虽然也展示了阿姐、鼓声以及"我"对阿姐的思念等直接或具体意境，但透过此类直接或具体意境，歌曲真正所要表达的则是那辽阔简远而又飘忽空灵的间接或抽象意境。在那冥冥苍穹之下、茫茫雪域之上，人与神之间展开了坦诚炽热的对话。"天边传来阵阵阵阵鼓声，那是阿姐对我说话：唔唵嘛呢哎嘛呢嘛呢呗呗哞，唔唵嘛呢哎嘛呢嘛呢呗呗哞。"这震撼人心的鼓声，这庄严神圣的经文，这空灵玄妙的意境，使天地相呼应，人神共愉悦。在这美妙的意境中，人们忘了天，忘了地，忘了生，忘了死，忘了世俗生活的是非恩怨。于是，意念得以超越，心身倍感慰藉，愉悦达于极致。由此可见，意境之美实为歌曲美之根本，而间接意境美或抽象意境美则为意境美之灵魂也。

（原载《广州日报》，2009 年 2 月 4 日）

听音乐， 写文章

于疲倦之时，逢烦恼之事，或上班工作之前，听听音乐，心平气和，悦己愉人，事事顺遂。此种境界，乃人生一大乐事也。不仅如此，笔者还发现，听音乐与写文章之间关系密切，甚至可以说，二者实为一体，能够相得益彰。

音乐和文章都是人们对现实生活的艺术反映，只不过反映的形式不同而已。音乐家感受现实生活，用音响符号构建现实生活之音响世界，其目的在于引导人们欣赏现实生活之韵律，从而使人们净化心灵，抚慰情感，以乐观的态度应对万事万物。文学家感受现实生活，用文字符号描绘现实生活之理性世界，其目的在于帮助人们拓展思维领域，逐渐认识人生之真谛，从而使人们加强内心修炼，提升人格品位，以仁慈卑谦之心关爱同类众生。由此可见，文章与音乐，理一而分殊、异曲而同工也。

以内容而言，文章与音乐皆须真实与真诚。真实真诚方有真情，文学艺术作品之有真情方能动人。饱含真情之文学艺术作品一旦深入人心，就能形成双方心灵共振，瑰丽多姿之艺术境界由是生焉。真正的艺术境界乃客观世界原生态情景之再现，因此真正的艺术作品应该引领人们进入客观事物之原生态情景。只有体验此种情景，人们才能通过艺术作品之媒介，透彻感悟人生之意义和价值。唯其如此，汤灿一曲《家乡美》才得以唱响神州大地，慰藉亿兆游子思乡之情怀。"家乡美,最美是那家乡的人。天天都唱歌,年年都欣慰。一方水土一方情哎,生在心里的根。"改革开放,亿万农民背井离乡,进城务工。树高千丈根在泥土,鸢飞云端线系手中。谁人没有自己的家乡,谁人不热爱自己的家乡。闻听此曲,谁人不起故园情。一方水土养一方人,故乡有我生命的根。

以结构而言,文章与音乐皆有其精妙之结构,而且此种精妙结构均来自于天然,非人工所能造设也。《家乡美》这首歌曲之所以优美动听,不仅因为其内容真实真诚,而且还在于其结构精妙与层次分明:"家乡美,最美是那柔柔的家乡水。水边的风儿轻轻吹,天空的燕子悠悠的飞。远方的游子请你快快回。"家乡的山美、水美、人美、风情美。面对如此真情美景,自然发出深情的呼唤:"远方的游子请你快快回"。这一切均出之乎自然、推演于逻辑、发挥自真情。由此可见,无论音乐或文章,凡艺术作品,其美妙之结构,均取法乎自然。若不循自然之轨,而人强为造设,即使优秀作品,亦难免破绽百出。梅花大鼓《半屏山》,讲述石屏山下石屏女与水根哥生死不渝的爱情故事。海龙王作孽,抢走石屏女,劈开石屏山,海峡分割了大陆与台湾岛。面对威逼利诱,"石屏女坚贞不屈,不为所动。望大陆唤亲人,喊声凄惨动地惊天。到后来,石屏姑娘化作石像,日夜悲歌情意缠绵:'半屏山,半屏山,一半在大陆一半在台湾。'"本来,作品至此已臻于完美,政治宣传效果亦佳。但是,作者当止而不止,继续强调其统一祖国的政治宣传意图:"到今天,半屏山屹立台湾岛,姑娘的石像凝视海天。歌声传遍海峡两岸,两岸的亲人盼团圆。歌声越过台湾岛，分离的骨肉一定要团圆。盼明朝台湾回归祖国的怀抱，同携手装点咱锦绣河山。"此乃画蛇添足、狗尾续貂、情可谅而体未当也。常常有人，虽敏于事而感于怀，却无法建构优美的艺术作品。更有甚者，在丰富的艺术世界中难以成篇，以致归于寝寂。此弊之因由，盖在未能体察自然之结构及其层次，并依此建构文章之风骨。边听音乐，边体味其中优美的结构，对于讲求为文之道，大有裨益。

以表现形式而言，文章与音乐均有相同或相似之表现形式。这些表现形式包括排列对比、拟人状物、由此及彼、小中见大、移情换境等。朝鲜电影《卖花姑娘》插曲之所以感人至深、历久不衰，很大程度上应归功于其对比形式之运用。"买花来哟，买花来哟，快快来买这束花。让这鲜花和那春光，洒满痛苦的胸怀。""买花来哟，买花来哟，花儿好哟红又香。朵朵红花卖不完，滴滴眼泪流不完。"清纯的少女和鲜艳的花朵，是世界上最美好的人和物；穷苦的命运和不屈的抗争，则是社会中最严酷的现实。卖花姑娘把鲜花卖给别人，将苦难留给自己。在这春暖花开之时，终日卖花泪不干。人间不平，至此极也。音乐将此两者对比排列，高低起伏，修短扬抑，回旋激荡，交替呈现，从而烘托出凄切美艳的艺术境界，使人心灵震撼，久久难以忘怀。

优秀的音乐作品和文学作品一样，都属于特定的时间和空间。在这个意义上说，文学音乐乃至一切艺术作品都有地域性和时代性。正因为如此，东方音乐不同于西洋音乐，古典音乐不同于流行音乐。正因为如此，不同的音乐作品才有存在的价值，才能广泛传播和相互交流。也正因为如此，听音乐应如写文章一样，首先要知道它姓甚名谁，家在何方。"夜半三更哟盼天明，寒冬腊月哟盼春风。……若要盼得哟红军来，岭上开遍哟映山红。"优美空灵的乐曲响起，《映山红》这首歌曲自然将人们带入那空旷悠远的湘赣闽粤边界红色革命根据地早已逝去的风云岁月。湘东、赣南、闽西和粤北，崇山峻岭，连绵数千里。此地贫瘠，民风淳朴。漫山遍野的红杜鹃，正是客家山民热情好客的真实写照，也是贫苦大众反抗压迫的形象展示。所以说，《映山红》是客家山民之歌，是革命造反之歌，也是自由民主之歌。世上事，每时每刻都在变化，唯一不变者，时空也；唯一变化者，亦时空也。一首歌，一支曲，或者一篇文章若能反映特定的时空，又能展示自己的个性，必定超越时空，周传天下，流芳百世。

（原载《广州日报》，2007 年 6 月 28 日）

为有源头活水来

　　为文必先立意，立意而后命题，命题方能成篇。意者，文章之灵魂也；题者，文章之标识也；篇者，文章之形体也。意自何来？题从何出？篇由何成？概而言之，文章创作之动因何在？吾尝上下求索，左右思量，得其要妙者三：一曰有感而发，二曰感而后发，三曰机缘巧合，不得不发。

　　有感而发者，作者感知与体悟客观外界事物，并将此种感知与体悟予以表述之过程也。人与自然，本同一体。人之在世，出生入死，无异草木之荣枯。然而，人有聪明头脑与敏感心灵，能够观察与体悟客观外界事物及其变化。唯其如此，人乃为万物之灵者。万物有道，道法自然，自然即美。作者若能细心观察、发现和体悟客观外界之美，并力图将其表现出来，则文意立而标题定矣。依此而言，为文之道乃作者观察与体悟客观外界事物并有感而发之过程也，文章之成乃作者观察与体悟客观外界事物并有感而发之结果也。大凡作者欲表达某一内容，必先大量感受此类事物，方能有感而发。一般而言，有感而发者大多为作者亲身所经历、所感受、所熟悉与所体悟之事物。正因为有深切之感受，作者写作时便胸有成竹，情真意切，畅顺自如。

　　有感而发，并非感而即发或者感而滥发，而是求善求美，感而后发。人之所感，因其经验、学识与修养不同，常有高低之分与雅俗之别。其所感高而雅者，感而发之，愉己悦人，有益心身。其所感低且俗者，感而滥发，妨害群伦，有伤风化。时人浮躁，读书辩理者寡，为文著述者众。作者之流，无感而发者有之，感而即发者有之，感而滥发者亦有之。鹦鹉学舌，照抄照搬，无病呻吟，无感而发者也。追风逐浪，浮光掠影，流于形表，感而即发者也。私心横呈，杂念狂张，怨天尤人，感而滥发者也。凡此种种，皆为情感之乖戾，与斯文之败类也。欲矫此弊，则应求善求美，有感而发，感而后发。有感而发，发乎真情而超越私心，求其善也；感而后发，源于生活而高于生活，求其美也。由此可见，文章者，乃作者长期体悟生活之结晶、心力劳作之佳酿、真性才情之展示、生命价值之延续也。极而言之，魏文帝曹丕有言："盖文章，经国之大业，不朽之盛事。年寿有时而尽，荣乐止乎其身，二者必至之常期，未若文章之无穷。是以古之作者寄身于翰墨，见意于篇籍，不假良史之辞，不托飞驰之势，而声名自传于后。"既然为文乃神圣之道，岂可游戏而作焉？

　　有感而发，感而后发，机缘巧合，不得不发，则其为文之成不远也。其间，有无之相生，快慢之相形，苦乐之相随，玄妙莫测，全赖机缘巧合之一端耳。所谓机缘者，乃时事发展之机遇及其能够激活作者预存文意与创作激情之微妙因素也。机缘之兴也，如风雨骤至，了无征兆。机缘之失也，似尘雾之飘散，不着痕迹。其如空中之音、水中之影、镜中之花，意可会而言难传也。此类机缘，或为时事之变化，或为阅读之所得，或为朋友之交谈，或为编辑之索稿，或为漫步之沉思，甚或为睡梦之幻境。机缘未至，率尔操觚，虽搜索枯肠，难免文思萧条，篇章不成。机缘既来，随兴挥毫，虽漫不经意，也会灵感飞扬，文辞激越。真可谓，有心栽花花不发，无心插柳柳成荫。机缘巧合，天意弄人，一至于此，岂不妙哉？

"问渠那得清如许，为有源头活水来。"体悟客观，有感而发，文章创作之外在动因也；求善求美，感而后发，文章创作之内在动因也；机缘巧合，不得不发，文章创作之内在动因与外在动因之关结也。三者兼备，文道畅而佳作成矣。

（原载《广州日报》，2008 年 3 月 12 日）

文越千秋意犹香

汉武元朔二年（公元前 127 年），帝纳主父偃议，徙天下豪杰之家于茂陵。以为如此，可以"内实京师，外销奸猾，此所谓不诛而害除"。关东大侠郭解为人豪爽，乐善好施，亦在徙中。解平生睚眦杀人，莫知为谁。遂杀郭解，族其家，时论哗然。

荀悦论曰："世有三游，德之贼也：一曰游侠，二曰游说，三曰游行。立气势，作威福，结私交以立强于世者，谓之游侠；饰辨辞，设诈谋，驰逐于天下以要时势者，谓之游说；色取仁以合时好，连党类，立虚誉以为权利者，谓之游行。此三游者，乱之所由生也。伤道害德，败法惑世，夫先王之所慎也。"此论一出，众议乃息。于是，独尊儒术而罢黜百家，厉行皇权而削斩诸侯，强武华夏而宾服四夷，集权专制自此成矣。

千年已过，时至北宋末叶，三游之风再起。当是之时，官场趋于浮华，道德几近沦丧，社会濒临动荡。有鉴于此，司马温公撰《资治通鉴》，借古讽今，痛斥时弊。其辞略曰："凡此三游之作，生于季世，周秦之末，尤甚焉。"当此之际，乱象横生："上不明，下不正，制度不立，纲纪弛废。以毁誉为荣辱，不核其真；以爱憎为利害，不论其实；以喜怒为赏罚，不察其理。上下相冒，万事乖错，是以言论者计薄厚而吐辞，选举者度亲疏而举笔，善恶谬于众声，功罪乱于王法。然则，利不可以义求，害不可以道避也。是以君子犯礼，小人犯法，奔走驰骋，越职僭度，饰华废实，竞趋时利。简父兄之尊而崇宾客之礼，薄骨肉之恩而笃朋友之爱，忘修身之道而求众人之誉，割衣食之业以供馈宴之好，苞苴盈于门庭，聘问交于道路，书记繁于公文，私务众于官事，于是流俗成而正道坏矣。"众人皆醉君独醒，举世皆浊我自清。痛诋时弊，畅快淋漓。贤哉温公，壮哉斯文。

当今之际，社会转型，世风丕变。人情趋利忘义，醉生梦死。重经营而轻实创，慕富贵而鄙贫贱，逐奢华而弃勤俭，享成就而畏艰难，肆物欲而昧天良。遇有钱有势，则低眉顺眼，谦卑甚于家奴。遇无职无钱，则趾高气扬，冷落形同路人。人情寡薄，物欲横流，此乃有目共睹之事实、毋庸讳言之现象也。时越千载，颓风犹存，甚或变本加厉，吾辈奈何？反观司马温公，正气凛然，辞意畅快，指斥时弊，奋不顾身。正可谓文越千载意犹香！信乎哉，信然也。

（原载《广州日报》，2007 年 10 月 12 日）

白云清流有华章

人云：清风不识字，何必乱翻书。我曰：清风不识字，何妨乱翻书。此何谓也？曰开卷或有益焉。近日翻书，偶得佳文，眼为之亮，心为之动，情为之而喜气洋洋者也。文题《寄蔡氏女》，作者为北宋著名政治家、思想家和文学家王安石。蔡氏女者，荆公之女、蔡京之弟蔡卞之妻也。文甚简约，十来句，百余字，文辞秀雅，意境高远，精妙绝伦，吾宝而爱之。不敢自专，遂全篇抄录如下，以悦君子。其辞曰：

建业东郭，望城西墟。千嶂承宇，百泉绕雷。青遥遥兮绵属，绿宛宛兮横逗。积李兮缟夜，崇桃兮炫昼。兰馥兮众植，竹娟兮常茂。柳蔫绵兮含姿，松偓㟪兮献秀。鸟跂兮下上，鱼跳兮左右。顾我兮适我，有斑兮伏兽。感时物兮念汝，迟汝归兮携幼。

我营兮北渚，有怀兮归女。石梁兮以苫盖，绿荫荫兮承宇。仰有桂兮俯有兰，嗟汝归兮路岂难。望超然之白云，临清流而长叹。

其景也旷阔清新，其情也纯朴真诚，其辞也瑰丽雅致，其意也深邃悠远。绝代佳文，千秋罕见，百世流芳，诵读之下，凡人莫不赞扬而宝爱之。《西清诗话》载，元丰中，东坡过金陵，日与荆公游。公以近制示之，东坡云："'积李兮缟夜，崇桃兮炫昼'，自屈、宋没，旷千余年，无复离骚句法，乃今见之。"荆公对曰："非子瞻见谀，自负亦如此。"

百年以降，文公朱子编撰《楚辞集注》，收录此文，并作如下之评价："公以文章节行高一世，而尤以道德经济为己任。被遇神宗，致位宰相。世方仰其有为，庶几复见二帝三王之盛。而公乃汲汲以财利兵革为先务，引用凶邪，排摈忠直，躁迫强戾，使天下之人嚣然丧其乐生之心，卒之群奸嗣虐，流毒四海。至于崇宣之际，而祸乱极矣。公又以女妻蔡卞，此其所予之词也。然其言平淡简远，翛然有出尘之趣，视其平生行事心术，略无毫发肖似，此夫子所以有'于予改是'之叹也欤？"

显然，囿于门户之见，朱子对变法新政深怀怨尤，然于王安石其人其文尚能表示敬意，且不吝赞颂之词。于其人也，既承认他"文章节行高一世，而尤以道德经济为己任"，又指斥他"引用凶邪，排摈忠直，躁迫强戾……流毒四海"。于其文也，既赞赏"其言平淡简远，翛然有出尘之趣"，又质疑与"其平生行事心术，略无毫发肖似"。于是乎，素以"致广大、尽精微"而著称的理学大师陷入了自相矛盾的境地。

其实，只要将王安石其人其文置于当时的特殊情景之中，此类矛盾便可迎刃而解。纵观北宋一朝，民富国穷，外强环逼，积贫积弱，俨然病夫。为治顽疾，王安石等志士仁人奋起改革，以求国家之中兴。其间，"躁迫强戾"或许有之，"引用凶邪"亦属难免，然"汲汲以财利兵革为先务"并无不妥。而真正流毒四海，致天下于祸乱之极者，

则是那些反对改革的既得利益集团及贪官污吏之类也。文
公朱子未及于此，贸然以"卒之群奸嗣虐，流毒四海"断
其是非，实乃因袭师说，狃于党争，属于污蔑不实之词。
于其人也误解既深，于其文也自难窥其意蕴。《寄蔡氏女》
者作于何时，朱子未做交代。考诸荆公年谱，斯文之作当
在元丰五年（1082 年）之际。此其时也，王安石二度罢相
虽逾六载，但他仍然处于惶惑忧愤之中。表面上，终日寄
情于山水之间，似有翛然出尘之趣。内心中，时刻萦怀于
新政之上，深含壮志未酬之痛。"极目江南千里恨，依然和
泪看黄花。"正是在这种表面超然洒脱、内心悲愤不已的深
刻矛盾之中，王安石写下了这千古名篇《寄蔡氏女》。

望超然之白云，临清流而长叹。千年已过，悲歌未绝。
前驱者仰天浩叹，改革家奋发而起。千年如斯，千年如斯！

（原载《汕尾日报》，2008 年 2 月 18 日）

审美意象与理性观念

　　世事触于耳目，感于心灵，形诸音像图文，艺术作品由是而生焉。然而，事物所现场景不同，耳目所触焦点各异，心灵所感深浅参差，音像图文表达方式殊途。于是乎，所谓艺术作品者，内容真假易分，品位高下立判。有些作品，虽超然物外，形不肖而神相似，却生机充盈，神采飞扬，感人至深。有些作品，虽描绘逼真，形周正而神圆润，却呆板凝滞，毫无生气，令人厌烦。相形之下，艺术作品价值高下悬殊，判若霄壤。此何故也？曰：艺术作品审美意象之有无及其高下有别之所致也。

　　所谓审美意象者，乃是指客观物象与理性观念相结合之产物。它是由想象力所形成的感性形象，在艺术创作心灵中起灌注生气之作用，并且能够引导人们浮想联翩，幻化万象，穿越时空，沟通神灵。德国大哲学家康德有言，所谓天才不过是人借助想象力表达审美意象的功能而已。依康氏之见，人之想象力略可分为复现性想象力和创造性想象力两种类型。所谓复现性想象力，主要根据对经验的记忆，并运用类比律和联想律，将从外界所吸取的材料或印象复现出来。依靠这种想象力复现出来的作品虽然也可以将经验的面貌加以改造，但无法产生新的生命，只能自娱娱人，而无法超越现实和启迪人生。创造性想象力则不然，它除借助复现性想象力的方法之外，还要根据理性观念，将从外界所吸取的材料加以改造，使之具有新的生命，成为"第二自然"或"超自然"的东西。这种新的"第二自然"或"超自然"的东西才是艺术创造，才是审美意象之显现，才是艺术作品灵魂之所在。由此可见，审美意象之有无及其高下与否，乃判别艺术作品之真伪及其艺术价值之高下的主要依据。

审美意象与理性观念相互映照，密不可分。理性观念是审美意象之理念灵魂，审美意象则是理性观念之感性形象。艺术作品审美意象之有无，主要取决于它是否能够通过具体的感性形象表达某种理性观念。审美意象作为所表达的理性观念之感性形象，其表现方式是个别的、具体的，具有特定的时空性，而它所表达的理性观念则是普遍的、抽象的，具有永恒性。一个理性观念可以由无数感性形象来显现，但其中任何一个感性形象都难以显现它所表达的理性观念的全部内涵。于是，审美意象在表达理性观念的过程中便有了强弱之分、高下之别，便有了千差万别的表现形式。因此，艺术创作之源泉无穷无尽且永不枯竭，艺术创作之灵感生生不息而永恒不灭。

艺术作品之中，审美意象由客观物象与理性观念相互结合而生成。意与象合，其情形大致有三：一曰有象无意，二曰有象有意，三曰无象有意。有象无意者，有具体物象而无理性观念，因而无审美意象，故毫无艺术价值可言。有象有意者，有具体物象亦有理性观念，因而有审美意象和艺术价值。但因其审美意象与理性观念相距甚远，故其艺术价值未必高妙。无象有意者，无具体物象但有理性观念，因而有审美意象和艺术价值。又因其审美意象为理性观念之自然显现，二者关系紧密，此乃艺术价值之上乘者也。三者之中，唯无象有意者艺术价值最高，此类作品方可称为艺术精品。由此可见，审美意象之有无决定艺术作品之真伪，审美意象与理性观念距离之远近决定艺术作品价值之高低。

大凡对衣食住行之感受，对爱恨情仇之萦绕，对社会时局之褒贬，皆属于有象无意之类。此类作品，大多属于应景急就之作，虽然它们能制造一些感官刺激，获取一时名利，但因其反映现实生活直接而浅薄，未能建构审美意象或其审美意象远离理性观念，终究难以深入人心而长久流传。与此相反，凡是对人生意义之体悟，对自然环境之反思，则属于有象有意之类。此类艺术作品，属于作者心灵之真情流露，虽然可能因不合时宜而困顿幽隐于一时，但因其反映现实生活间接而深入，因其审美意象显现相应的理性观念，必定能够感召众生而传播久远。更有上乘者，凡是对现实物象之超越，对人类情感之升华，或属于无象有意之类。此类艺术作品，属于作者对世界本源之探索，对生命真谛之关怀。它们虽然无物无象且空灵幽邃，但因其属于理性观念之自然显现，故能抚慰众生、愉悦心灵，能引领人们进入艺术的殿堂，自觉追寻那纯真善美的精神家园。

审美意象之所以能够引领人们进入艺术的殿堂，自觉追寻那纯真善美的精神家园，主要原因在于理性观念早已存在于人们的心灵之中。古希腊哲学家普洛丁（Plotinus，204—270）认为，理性观念是宇宙之本源，是真善美三位一体的纯粹精神。它像太阳一样把自己的光由近而远放射出来，从而创造世界。理性观念之光最先放射出"理"，然后放射出"世界心灵"和"个别心灵"，"个别心灵"与物质相结合最后才产生肉体。因此，物质世界和肉体本身是肮脏和黑暗的。在物欲横流的现实世界，人们的心灵始终处于躁动与痛苦之中，渴望回归理性观念的精神家园，而审美意象正是引导心灵回归的希望之光。正是在这种审美意象的引导之下，人们忘却是非，无虑生死，超越自我，超越尘世，始终沉浸在希望与欢乐的艺术享受之中。因是之故，优秀的艺术作品，创意无限，魅力无穷，万古流传。

（原载《东江时报》，2010 年 8 月 8 日）

诗从心出

　　余常为文，偶亦作诗。文无定法，有感而发，随心所欲，任人评说而已矣。诗有规范，起承转合，平仄韵律，岂可任意而为哉。于是，每有章句，辄示诸生友，请益专家，非为无忌自炫之狂，实则请益多师之谓也。生友者流往往随声附和，不吝赞誉之辞。专门之家大多沉吟再三，未肯轻付褒贬之语。是以，诗者何谓？难以自辨。萦怀既久，感悟自生。感悟何为？曰：诗从心出。

　　所谓诗从心出者，乃作者于现实生活有感而发之谓也。世事触于耳目，感于心灵，形诸文字，诗文之作由是而生焉。《诗·大序》云："诗者，志之所之也。在心为志，发言为诗。情动于中而形于言，言之不足，故嗟叹之，嗟叹之不足，故咏歌之，咏歌之不足，不知手之舞之，足之蹈之也。"陆机《文赋》亦云："伫中枢以玄览，颐情志于典坟。遵四时以叹逝，瞻万物而思纷。"由此可见，有感而发，诗文同源，二者均是现实生活在作者头脑中的反映。正因为对现实生活有深切之感受，作者才有真情，创作才有动因。依此而言，有感而发，诗从心出，即为诗之源泉也。

　　有感而发，诗从心出，或喜或怒，或笑或哭，或褒或贬，或慷慨激昂，或超然悠扬，皆可为诗。反之，若回避现实、粉饰太平、歌功颂德，乃至无病呻吟、溜须拍马、颠倒黑白之文字，即使具备诗之形式，但因其缺乏诗之灵魂，故不能称之为诗。此何故耶？或曰物有不平则鸣，人有不平则郁结于心，郁结于心则愤发而为诗。正如太史公所言："诗三百篇，大抵圣贤发愤之所为作也。"近人王国维亦曰："诗词者，物之不得其平而鸣者也，故欢愉之辞难工，愁苦之言易巧。"由此可见，反映现实、批判现实、张扬个性，有感而发，实为诗之灵魂也。

诗有源泉，有灵魂，亦有眼睛乎？曰：有之。大凡诗篇之成，未必字字珠玑，无须句句锦绣。其间有铺垫，有过程，有高潮，有结尾，有平淡无奇之语，亦有精彩神来之笔。此所谓高潮和精彩神来之笔者，即诗之眼睛也。一诗之中，或写景，或状物，或抒情，或表意，此其所谓表意者，亦即诗之眼睛也。至于诗意之表达又有所谓"有我之境"与"无我之境"之分别。"可堪孤馆闭春寒，杜鹃声里斜阳暮"，此有我之境也。"采菊东篱下，悠然见南山"，此无我之境也。王国维论诗云："有我之境，以我观物，故物皆著我之色彩。无我之境，以物观物，故不知何者为我，何者为物。古人为词，写有我之境者多，然未始不能写无我之境。此在豪杰之士能自树立耳。"相形之下，"无我之境"优于"有我之境"。如果说，"有我之境"为诗之眼，那么"无我之境"则为眼之睛也。

诗眼之妙，妙在言在此而意在彼一端耳。"而今识尽愁滋味，欲说还休。欲说还休。却道天凉好个秋。"言在此"却道天凉好个秋"，而意在彼"而今识尽愁滋味"也。"极目岭表云天外，忘却书生满头霜。"言在此"极目岭表云天外"，而意在彼"忘却书生满头霜"也。彼此之间，看似山隔水绕，实则紧密相连，存在某种相似性。此种相似性或为时间之顺序，或为空间之临界，或为情景之交融，或为逻辑之推演，或为性质之关联。正如清人刘熙载所云："山之精神写不出，以烟霞写之；春之精神写不出，以草树写之。故诗无气象，则精神亦无所寓矣。"正是由于有了这些相似性或关联性，生活才色彩斑斓，文辞才生机盎然，诗意才空灵飞扬。

（原载《茂名日报》，2011年11月9日）

第五辑

新闻细语

"迷"　"疯"　"静"

——青年为学三境界

　　学问大家王国维尝云："古今之成大事业、大学问者，必经过三种之境界：'昨夜西风凋碧树，独上高楼，望尽天涯路'，此第一境也；'衣带渐宽终不悔，为伊消得人憔悴'，此第二境也；'众里寻她千百度，蓦然回首，那人却在，灯火阑珊处'，此第三境也。"王国维学问高深，一般人难以企及，不然何以归纳出如此妙境。今依大家之意，以愚人小子之见，特拟"迷""疯""静"三字，作为青年为学之镜鉴。

　　"迷"者，如痴如醉，学术兴趣之谓也。学术研究亦如其他艺术创作，研究者必须对所研究之对象抱持浓厚兴趣。有兴趣，方有激情；有激情，方有动力；有动力，方能创造；有创造，方有成就；有成就，方可谓之成功。因此之故，民谚有云："情人眼里出西施"；或曰，"兴趣是最好的老师"。唯其如此，方可谓入于学术境界也。一入境界心神爽，如痴如醉人莫知。于是，蓬勃强劲之研究动力由此而生发，精微洁净之学术心境因此而养成。

　　"疯"者，抒发张扬，学术勇气之谓也。大凡在学术兴趣驱使之下，为学者搜集资料与整理思绪，必有奇思妙想。值此之际，研究者应对所研究的问题大胆提出疑问，发表见解。于是，"逢人便讲"与"逢鬼便说"便成为研究者必然之表现。所谓"逢人便讲"，是指对同行专家而言。如此"逢人便讲"，自己的观点会得到同行专家的认可或辩诘，因而会更为周全。所谓"逢鬼便说"，是指对于外行人士而言。虽然外行人士不能给予直接帮助，但在"说"的过程中，研究者的思路会越来越清晰，观点会越来越成熟。由此可见，即使"逢鬼便说"，研究者亦能间接受其惠焉。

"静"者，神清气静，学术修养之谓也。在对所研究的问题已取得明确结论，并已发表相关成果之后，学者则应沉默寡言，静如处子细无声。于此之时，若再"逢人便讲""逢鬼便说"，则显得狂妄自大，毫无学术修养可言。当然，沉默寡言并非沉默"不言"，而是要看听众对象与所言之场合及其时机。若对象得其人，场合适其宜，时机恰其当，则应畅所欲言，一吐为快。正所谓："不飞则已，一飞冲天；不鸣则已，一鸣惊人。"

"迷""疯""静"，青年为学三境界。真切与否，笔者不敢专断，诸君不妨躬身自省之。

（原载《广州日报》，2007 年 4 月 24 日）

大人物看小节

　　网载，某日，中共中央胡锦涛总书记接一电话，称找其秘书某。恰秘书外出，来电嘱代转告。胡总书记极为谦和，应而允之，且询对方姓甚名谁。对方亦问："你是谁？"答曰："我是胡锦涛。"对方愕然。或曰：大人物看小节。信然矣。

　　观乎新闻报道，文件成山，会议如海，起居注如潮。群众无能为也，遂恶之。然而，如何克服，新闻界多年探索，未得真解。窃以为，就改进领导人新闻报道而言，可以"大人物看小节"一也。

　　其实，历年来，这方面的佳作不在少数：1999 年 1 月 21 日《人民日报》之《总理与一封人民来信》（朱镕基总理），2003 年 3 月 3 日《羊城晚报》之《副部长陌路救一人》（卫生部黄洁夫副部长），2006 年 2 月 10 日《南方日报》之《温总理羽绒服穿了十年》（温家宝总理）等，均为难得之新闻精品。

　　大人物的"小节"之所以精彩，原因大致有三：其一，"小节"为心灵率真之表露，往往不假修饰而真切感人。唯其如此，人们能更直接窥见大人物心灵之高洁与低下，与夫品行之优良与庸劣。其二，大人物往往行踪隐秘，其"小节"因不轻易示人而具神秘感，平民百姓求之甚焉。其三，"小节"即细节，它是典型环境中典型人物的典型语言或典型行为。其人、其言、其行、其境，皆因其典型而生动，因其生动而感人，因其感人而令人细细品味，乃至终生难忘。

由是以观，"大人物看小节"不失为改进新闻报道之良策耳！

（原载《茂名日报》，2005 年 2 月 24 日）

学术规范与反腐

腐败乃官家事、官场事，与学术研究何涉？然而，近年腐败猖獗，如毒雾弥漫，无孔不入。毒雾所触，各行各业，无一幸免，学术界安能独善其身？于是乎，一桩桩学术腐败案件接连发生，大有前"腐"后继之势。一时间，学术反腐成为社会热门话题。热门话题之形成，必有因由。吾揣而度之，学术腐败之出现，或与当代社会之转型及"官本位"习性密切相关。

当今社会，计划经济向市场经济转型，知识分子获得新生，亦面临考验。曾几何时，"左祸"泛滥，"脑体倒挂"，知识分子"臭老九"穷且瘪也。市场经济引入竞争机制，知识价值大增，学术光明重现。忽如春风催桃李，穷且瘪者盛而荣。俗话说，人一阔，脸就变，"臭老九"之霉菌又有了发酵之温床。霉菌之一，爱慕虚荣是也。受社会转型期普遍浮躁心理影响，"臭老九"之中，不甘寂寞、追名逐利者大有人在。于是，学术研究急于求成、弄虚作假者生焉。霉菌之二，"官本位"习性是也。学与官，求理治民，殊途同源。《论语》有言，"仕而优则学，学而优则仕"。然而，仕可射利，学则受穷。无怪乎，人们往往熟记后语，而忘却前言。于是，学者为官以求其利，官员谋学以猎其名。官学勾结，各取所需，名利双收，乱象生矣。霉菌之三，高指标、瞎指挥是也。官员学者化，学者官员化，煌煌学术殿堂，俨然官场衙门。人分三六九等，攀比层出不穷，考核细致苛刻，赏罚立竿见影。高指标、瞎指挥、浮夸风应运而生。"官本位"习性浸入学术殿堂，难为谦谦君子。其贤而拙者往往痛苦而寂寞，其机而巧者则善于钻营而荣显。于是，以次充好者有之，联名发表者有之，抄袭剽窃者亦有之。

　　学术腐败危害深重，教训深刻，值得反思。反思之道，在加强学术道德修养与遵循学术研究之规范。所谓学术规范者，其内容大致有以下五个方面：一曰，选题的原创性，即所选研究课题尚无人涉足，或虽有人涉足但尚有待推进。学术研究首在创新，炒人剩饭，拾人牙慧，皆不可取，有不如无。二曰，资料的原始性，即要求广泛搜集和发掘第一手资料。学术研究无外乎两种取向，一是以理论推演见长，二是以资料宏富取胜。以理论推演见长者，长篇大论即刻可就，不为难事。以资料宏富取胜者，则需经年累月，披阅摘抄，耗费精力，难能可贵。不过，艰苦之中充满欢乐，瑰丽的思想火花随时闪烁其间，妙不可言。三曰，观点引述的谦逊性，即引述他人成果必须注明出处，尊重他人劳动成果。如果大段引述，又不注明出处，则是掠人之美，谓之文贼。四曰，成果发表的谨慎性，即成果成形之后要反复修改，且须搁置一段时间，再予发表。或曰，如此推延，岂不让人捷足先登、拔得头筹？其实，大可不必为此担忧，真正属于自己的成果是不怕别人抢先发表的。譬如爬山，沿途风景相似，各人观感不同，所记所述自然有别。假的真不了，真的抢不去，此种自信，学人本应有之。五曰，学术侵权的畏惧性，即充分认识抄袭剽窃之卑劣与危害，内心深处常存慎独戒惧之心。大凡抄袭剽窃之徒，往往心存侥幸，以为天衣无缝，便可得计于一时。殊不知，天网恢恢，疏而不漏，长此以往，必将自取其咎。一旦丑行败露，辄身败名裂，不齿于学林。早知如此，何必张狂于初。是以学者每临名利之际，理应戒之、惧之，独而慎之。

学术研究乃神圣之事，亦为清苦之事。自古圣贤皆寂寞，心血生命写文章。吾辈切记，切记！

（原载《广州日报》，2007 年 5 月 2 日）

"功夫" 与 "灵感"

　　研究生者，顾名思义，以学术研究为主要任务之学生也。而学位论文则是研究生教育中的主要工作之一，其质量之优劣是衡量研究生学术水平高下的主要标志。因是之故，每一个研究生都应该花大力气经营好自己的学位论文。

　　但是，在当代研究生中却有人对学位论文漠不关心、敷衍塞责，甚至弄虚作假，以图混取文凭。他们的学位论文或选题陈旧、了无新意，或框架不正、思路不清，或资料不专，满足于"大道之货"，或者材料堆砌、缺乏理论分析。凡此种种，皆为社会浮华气息与投机心理在学术研究中之表现。欲矫正此类弊端，余以为宜倡导"功夫"与"灵感"并重，使之相得益彰也。

　　所谓"功夫"，就是在学术研究中痛下苦功。痛下苦功，首先必须做到"身到、力到、心到"，即保障时间、金钱、精力和心力的充分投入。只有全身心投入，才能真正进入学术研究的状态。痛下苦功，其次要求广泛搜集大量的第一手资料，真正做到"上穷碧落下黄泉"，钻天入地找材料。只有掌握了大量的第一手资料，才能对所研究的问题了如指掌、成竹在胸。痛下苦功还要求对所研究的问题"大胆假设、小心求证"，真正做到"胆大包天、心细如丝"。只有这样，才能广辟途径，审慎选择，找到解决问题的途径和方法。

痛下苦功必有灵感。所谓"灵感"，是指研究者对所研究的问题的突发性的顿悟和理解。在灵感的引导下，研究者能够豁然开朗，浮想联翩，妙思纷呈，佳作迭出。现代科学认为，灵感可能是阈下意识中神经细胞某种联系突然导通所产生的一种结果。表象材料经过主体知觉、感受、储存、孕育之后，往往能够打破主体原有素材的联系方式，产生崭新的艺术构思和艺术形象。正如刘勰《文心雕龙》所云："凡操千曲而后晓声，观千剑而后识器。故圆照之象，务先博观。阅乔岳以形培塿，酌沧波以喻畎浍，无私于轻重，不偏于憎爱，然后能平理若衡，照辞如镜矣。"由此可见，灵感来自于苦功，痛下苦功必有灵感。在痛下苦功的基础上产生灵感，在灵感的引导下痛下苦功。功夫与灵感相伴而生，相应而成，相得益彰。其情其景，洁净精微，妙不可言。然如鱼饮水，冷暖自知。躬耕之人，自得其乐，不可为外人道也。

任何人皆有治学之潜质，皆可做学问。治学之道，"功夫"与"灵感"兼具。只下功夫，没有灵感，谓之"学而不思"，则怠矣。只有灵感，不下功夫，谓之"思而不学"，则妄矣。既下功夫，又有灵感，"功夫"与"灵感"兼具，谓之"学而思，思而学"，则优矣。"功夫"与"灵感"之间，谓之身到、力到、心到，谓之求善、求美、求全，谓之"困顿"，谓之"顿悟"。经此种种阶段，灵感生焉，成效著矣。

（原载《兴稼细语》，暨南大学出版社 2012 年版）

"顿悟" 之法与 "发覆" 之功

中国学术崇尚勤奋和悟性。欲达此种境界，"顿悟"之法与"发覆"之功，不可或缺。

"顿悟"之法由南宋大学者朱熹归纳得出。朱子阅读广泛，见解深邃，治学勤勉，著述宏富。某日，他写信予其友生蔡元定，谈及治学心得，喜悦之情溢于言表。他说："今日因思此义，偶得一法，大抵思索义理到纷乱窒塞处，须是一切扫去，方教胸中空荡荡地了，却举起一看，便自觉得有下落处。此说向见李先生曾说来，今日方真实验得如此，非虚语也。"顿悟之生，乃平时冥思苦想之积累。大抵每于一事一理，遭遇百思不解之际，不妨暂时搁置，移情别思。假以时日，或因机缘巧合而触类旁通，或因灵感昭示而豁然开朗。值此之际，纷繁复杂之疑难涣然冰释，瑰丽缤纷之思想火花竞相绽放。此乃创造性思维遵循之法则，亦为创新型成果产生之途径。

能够心领神会此种妙境者，自然非朱子及其挚友蔡元定莫属。朱熹《云谷记》载：云谷山中有晦庵，"地高气寒，又多烈风，飞云所霭，器用衣巾皆湿如沐，非志完神王，气盛而骨强者，不敢久居。其四面而登，皆缘崖壁，援萝葛，崎岖数里，非雅意林泉、不惮劳苦者，则亦不能至也。自予家西南来，犹八十余里，以故它（他）人绝不能来，而予亦岁不过一再至。独友人蔡季通家山北二十余里，得数往来其间，自始营葺，迄今有成，皆其力也。"又据清人王懋竑《朱子年谱考异》记载，乾道八年（1172年）"向到云谷，自下上山，半途大雨，通身皆湿。得到地头，因思着天地之塞吾其体，天地之帅吾其性。时季通及某人同在那里，某因各人解此两句，自亦做两句解，后来看也自说得着，所以迤逦便作《西铭》等解。"张载《西铭》由是以解，一时传为佳话。

"发覆"之功乃当代学术大家陈寅恪先生所倡明。先生秉性高洁，学贯中西，慧眼独具，每于平凡细微之处，辄发惊世骇俗之论。谈到治学方法，他主张"发覆"之功。"发"者，发掘、发现之谓也；"覆"者，覆盖、遮盖之谓也。故所谓"发覆"之功，乃发微探幽、去伪存真、由此及彼、由表及里、还原事物真相、直指事物本质之研究方法也。此种方法之运用，陈氏最为娴熟。兹举一例以为明鉴。陈氏《读〈莺莺传〉》论及张生于莺莺"始乱终弃"的社会根源，有如下精彩之论述，充分展示了"发覆"之功的迷人风采。

陈氏有云：纵览史乘，凡士大夫阶级之转移升降，往往与道德标准及社会风习之变迁有关。当其新旧蜕嬗之间际，常呈一纷纭综错之情态，即新道德标准与旧道德标准、新社会风习与旧社会风习并存杂用。各是其是，而互非其非也。斯诚亦事实之无可如何者。虽然，值此道德标准、社会风习纷乱变易之时，此转移升降之士大夫阶级之人，有贤与不肖、拙巧之别，而其贤者拙者，常感受苦痛，终于消灭而后已。其不肖者巧者，则多享受欢乐，往往富贵荣显，身泰名遂。其故何也？由于善利用或不善利用此两种以上不同之标准及习俗，以应付此环境而已。譬如市肆之中，新旧不同之度量衡并存杂用，则巧诈不肖之徒，以长大重之度量衡购入，而以短小轻之度量衡售出。其贤而拙者之所为适与之相反。于是两者之得失成败，即决定于是矣。

幽深若涧，激越如电。仅此数言，先生不朽！

（原载《广州日报》，2007 年 5 月 22 日）

媒介偏向与中国特色

所谓媒介是指用来表达含义的静态或动态的任何物体或物体排列。其中包括物质载体和物理能量两部分。物质载体者，乃文字、印刷品、通信工具之类。物理能量者，如电波、光波、声波之属。此两者相结合，各类媒介得以形成，各种信息赖以传播。由于人们接触媒介和理解信息的方式与能力不同，媒介便呈现出各种各样的差异性。有鉴于此，加拿大学者英尼斯（Harold Innis）提出了媒介偏向性理论。

英尼斯认为，任何媒介都具有时间偏向或空间偏向的性质。具有时间偏向性的媒介，如石刻文字、泥版文字和建筑物等，能够长久保存，但难以远距离运输。具有空间偏向性的媒介，如纸质文字和广播电视等，便于远距离大范围传播，但难以长久保存。前者便于时间跨度的控制，后者便于空间范围的控制。媒介的这种偏向性质与一定社会的权力结构有着密切关联，媒介之结构对社会形态、社会心理乃至社会文化都产生深刻影响。大致说来，偏向时间的媒介有助于树立权威，有利于维护等级严格的社会阶层，从而形成世袭专制的社会制度；偏向空间的媒介有助于在远距离对广阔的空间进行管理，有利于帝国领土的扩张，从而形成幅员辽阔但结构松散的大一统帝国。

中华文明古国，无论时间偏向媒介或空间偏向媒介均极为发达。一方面，复杂的文字符号制作系统和广泛分发的历代统治者宣示文治武功的摩崖石刻，都为等级森严的贵族特权阶层的垄断统治奠定了基础。另一方面，纸张的大量供应和印刷术的广泛运用为华夏文明的广泛传播以及中央集权之封建王朝的开疆拓土提供了文化认同与信息控制的基础。正因为如此，古代中国国家疆域广阔而社会等级森严，社会动乱相继而家族尤其稳定，疆域辽阔而变化不居，改朝换代层出不穷而万变不离其宗，动乱与稳定天衣无缝地结合在一起，这就是古代中国社会的最大特色。其中最稳定者当属家族制度而无疑。究其所以者，盖因家族既重视利用墓碑、祠堂等具有空间偏向性的媒介，又善于利用如族谱、家训等具有时间偏向性之媒介也。

曾几何时，"文革"之中破旧立新，如烈风迅雨，墓碑祠堂打砸殆尽，族谱典籍付之一炬，家族制度似乎受到猛烈冲击。但是，改革开放之中，家族制度得以复活，大有幽灵附体、死灰复燃之势。一些人为官经商不是造福社会，而是为家族谋利；一些人骄奢淫逸，树碑立传，不仅荣乐生前，而且欲死后扬名，光宗耀祖；一些人本已衣食无忧，仍然巧取豪夺，企图建立庞大的家族企业，意欲攫取天下之利以为一家之私；一些家族祭宗祀祖，热闹非凡，不仅大摆筵席，而且大造坟墓，续修族谱。在当今社会信用普遍缺失、道德荡然无存之际，家族制度之复兴或许有某些积极意义。但是，认亲不认人，认人不认事，认事不认理，唯我独尊，无法无天，长此以往，终非社会之福，必为人民之祸。历史上一次又一次不断重复上演改朝换代的血腥战争，实际上只不过是一次又一次的家族利益之争，各朝各代的历史也不过是大大小小的家族谱系而已。此种残酷的史实与社会特色，应该引起有识之士的警醒。

新闻内容之美谈

美为人之创造物，能满足人之心理需要。人们在追求美好的过程中能实现自我、创造自我、超越自我。在此过程之中，个性得以彰扬，精神趋于自由，人格臻至完美。若言新闻之美者，则新闻报道艺术之谓也。概而言之，新闻之美可分为内容之美、形式之美与创意之美三类。兹事体大，难以尽述。仅举新闻内容之美，揣而谈之。

新闻内容之美，系指新闻报道所含之吸引人们关注、想象与愉悦之素质。此种素质，又可细分为新闻正义之美、新闻人性之美与新闻情感之美三个方面。

正义者，符合事物客观状况及其发展规律，符合绝大多数人民利益之谓也。新闻报道反映社会正义，必先新闻记者抛弃私念，为大多数人民讲话，反映大多数人民利益。心中有人民，方有是非之心。有是非之心，方能讲真话、求真理。一般情况之下，新闻报道讲真话、求真理，不为难事。特殊时期，讲真话和求真理则风险巨大。处此险境，新闻记者要运用理智，少讲话或者不讲话，千万不要跟风起哄，乱发违心之论。现在，虽然此种特殊时期不复存在，但记者讲真话、求真理，仍需智慧和勇气。癸未年初，"非典"疫情肆虐，北京官方贸然宣布"非典"病原为衣原体。有《南方日报》者逆势而行，刊登独家消息表示质疑。实践证明，广东专家结论正确，南方报人勇于崇尚科学、坚持真理，胆识俱佳。可见，新闻工作，艺术与技巧属于其次，人品与责任心最为重要。对人民大众之真情，比金子还珍贵。

新闻报道，人所创造，为人服务，人文关怀，此其本也。改革开放，举世瞩目，成就辉煌。然资源浪费、环境破坏、贫富悬殊，日趋严重。欲矫诸弊，必赖科学发展观念之贯彻，与人文关怀精神之弘扬。新闻媒介，心灵之桥梁、社会之枢纽，倡导人文关怀，责无旁贷。《羊城晚报》曾刊"都市阿炳"系列报道，广受读者赞扬。"二胡艺人"杨某携六岁残女，街头卖唱乞讨，其情可悯。消息见报，广州市民纷纷表示捐助意愿。然而，"阿炳"不知何处去，于是记者与市民一道全城寻找"阿炳"，最后，在中共广东省委领导的关怀下，问题得到圆满解决，"阿炳"父女带着广州市民的厚爱回家安居。此乃媒体与受众良性互动之演示，亦为新闻人性美之典范。亦有媒体，反其道而行之：他们或者热衷猎奇，展示人体之奥秘，亵渎生命之天灵；或者盲目追星，揭发名人之隐私，挑衅法律之权威；或者沉迷逐腥，暴露悲怆之景状，践踏人性之尊严。凡此作为，或非故意，实乃无知。无知妄举，自当省惕。

新闻报道既是信息之告知，也是感人之传递。天地万物皆有情，人为万物之灵，其情尤为显著。若夫新闻之情，则来自记者对所报道对象的包容和理解，及其对社会大众的责任和使命。故新闻能够引发人们的情感，启发人们思考，真正从情感上影响人们的思维和行动。2006年2月，冬季奥运会在意大利都灵举行，中国花样滑冰运动员张昊和张丹意外摔倒受伤，却又勇敢站起来继续比赛，并且获得银牌。这一壮举震撼世界，广播电视早已现场直播，报纸后发一招，难以占优。但是，《南方日报》却特出奇招，以"龙的传人悲壮演出震撼都灵"为通栏标题，用整版篇幅加以全面报道，赢得读者青睐，体现了报纸的后发优势。优势何在？在于综合信息资源，突出一个"情"字，营造感人之场景。其中，既有比赛之综合消息，又有背景材料之交代，图文相映，声情并茂。文本信息分为"赛后谈"（《张丹：自己决定继续比赛》）、"温情一刻"（《这一次，张丹张昊"来电"了》）、"短信传情"（《张丹：让父母失望了；母亲：小女孩长大了》）、"赛场特写"（《折翅再飞翔》）、"各方声音"（刘鹏：创造三个奇迹；何振梁：他们是中国的英雄；姚滨：经历过的最残酷的大赛）、"成长之路"（《红花绿叶别样红》）等六个紧密相关的部分。由此，形成了一个连通中外、超越时空、情感交融的美妙境界。这样就为读者创造了一个特殊的环境，使新闻具有了特殊的传情达意的作用。处此境界之中，真情实感将赛场内外紧密联系起来，将新闻人物、新闻媒介和广大受众紧密联系起来，将所有美丽而善良的心灵紧密联系起来。新闻情感之美，感人肺腑。

新闻之正义之美、人性之美、情感之美，一而三、三而一者也。归根到底，新闻之内容美为新闻之人性美，即新闻对人的关怀和爱护。此乃新闻之本质、新闻美之最高境界也。有无人性美和能否体现人文关怀，是衡量一家新闻媒介品质高下的重要标志，也是衡量一个新闻工作者素质优劣的重要指标。从这个意义上说，新闻记者要有一颗仁心、一双慧眼和满腔激情。唯其如此，他们才能把社会

责任感和个人理想追求有机地结合起来，写出足以传世的
新闻精品。

（原载《东江时报》，2007 年 8 月 2 日）

新闻形式之美谈

新闻之内容美必须以一定的新闻形式表现出来。于是乎，有所谓新闻形式之美者也。新闻形式之美，是指新闻工作者为表达新闻内容美而别出心裁所采取的各种新闻表现手法或方法之谓也。新闻表现手法或方法众多，总体而言，主要可以列举下列五种。

其一，曰新闻繁盛之美。新闻媒介为报道盛大之节日和喜庆之事典，往往采用喜庆热烈之表达形式。例如，报纸抛红刊登新闻提要，选用鲜艳悦目之新闻照片，饰以花边花纹等线条，以及周正典雅之描写等。此类新闻形式，气象壮丽，撼人心魄，悦人耳目，可以纪盛典而载史册也。

其二，曰新闻简约之美。与浓墨重彩的繁盛之美迥然不同，新闻简约之美要求清新淡雅之素描、轻描淡写之文笔，以及眉清目秀之版面。2004年春夏之交，我国大面积发生禽流感疫情，一时风声鹤唳，人人提心吊胆。待到疫情解除，自然云开日出，愁眉舒展。但怎样报道这一消息，怎样表达人们轻松愉快的心情，各家媒介处理形式有所不同。某报选用禽流感始发地广西隆安焚烧鸡舍之图片，烈焰熊熊，火光冲天，令人恐惧。《南方日报》另辟蹊径，别出心裁，选用自摄新闻照片——少年男女，两个小学生穿着新衣、背着书包，高高兴兴上学去，并标出"禽流感今日解除"的醒目标题。两者相较，优劣判然。后者之优，胜在简约雅致，言有限，而意无穷。看到这样清新亮丽的新闻报道，人们久受禽流感困扰之后自然心胸开朗、阳光灿烂。

其三，曰新闻对比之美。民谚有云，"不怕不识货，就怕货比货"。通过对比，事物之间的优劣一目了然。新闻之美往往通过对比的方式表现出来。这些对比可以是今昔对比、好坏对比、大小对比、内外对比、时空对比等。2003年全国"两会"期间，朱镕基总理任期届满卸任之际，《羊城晚报》以"铁面斥妄吏，慈怀悯天下"为题刊发新闻，并且刊发朱总理相隔五年的两张照片。一张照片上，朱总理表情激愤、紧握拳头，表示要严厉整顿贪官污吏。另一张照片上，朱总理面对人民代表，神情欣慰，对未来新生活充满向往。标题悚然相对，照片前后相应，图文并茂，爱憎分明，衬托出朱总理鲜明的个性和人格魅力，承载着人民对朱总理深厚之感情。如此之新闻，对比鲜明，情真意切，感人肺腑，焉能不美？

其四，曰新闻过程之美。凡优秀新闻作品，均能呈现一种美妙过程，吸引人们自觉追寻和体验，并从中获得美的享受。对大众而言，有时终极目标并不一定重要，而充满创造和欢乐的过程才值得享受。曾经红极一时的云南著名女歌手杨洪英，因非法集资诈骗罪而被判死缓。2003年7月，《羊城晚报》刊登新闻《名歌手骗钱过亿被判死缓》，全面回顾杨洪英成长和堕落的过程，并配发两幅照片。一幅是青春靓丽的少女登台表演，一幅是人到中年的囚犯服刑狱中。两幅照片，同为一人，判若天壤，令人深思。人生过程，大起大落，怎不令人感叹和深思？新闻以过程之展示，启示人生，发人深省，美亦在其中矣。

其五，曰新闻视角之美。所谓视角，是指新闻报道切入主题所选取的角度。一般而言，人们观察事物和思考问题的角度有宏观、中观与微观之分，有远距、中距和近距之别，还有正面、反面、侧面、上面、底面之不同。这些角度或视角，都可以为新闻作品所采用。在所有这些视角中，最能引人注目的视角应该是微观、近距、反面和侧面。从这些视觉切入，就能吸引人，是谓视角新颖。以领袖人物报道而言，"大人物看小节"不妨一试。"小"与"大"，相互依存，相互彰显。无"小"难以成就其"大"，无"大"亦难以衬托其"小"。温家宝总理勤政亲民，《南方日报》刊发新闻《温总理羽绒服穿了10年》，凸显温总理羽绒服一穿十年之细节，实为新闻之佳作。

（原载《东江时报》，2007年8月6日）

新闻创意之美谈

特定内容须通过特定形式表现出来，形式与内容之完美结合，乃为创意之美。所谓"创"，是指创造和创新，即发现和创造新的内容或形式，使之具有新颖、新奇和新鲜之特点。所谓"意"，是指通过创造和创新形式与内容的完美结合所产生的美妙意念或意境。故创意者，创造性之意念或意境之谓也。因此，新闻创意之美，既表现于新闻报道策划过程之中，也表现于传播者与接受者对新闻报道所创造之意境的接受、理解与再创造过程之中。故所谓新闻创意之美，主要包括新闻策划美和新闻意境美两个方面。

新闻策划已经成为当今新闻报道之重要方法，凡质量高、影响大的新闻报道无一不是新闻策划之结果。当前，我国社会全面转型，各种矛盾随时可能发生。新闻媒体不能仅仅满足于被动地获取新闻线索，而应该主动策划新闻、干预生活。新闻信息随时随地发生，但在特定时空中为受众普遍关注的新闻资源毕竟有限。必须充分发掘有限的新闻资源，将新闻做足与做活。否则，就会"优材劣用"或"大材小用"。近年来，《南方日报》连续推出"中大学子回家来""救助叶红妹""千里接救中毒女工""广东历史文化行"等一系列高水平新闻策划之作。这些新闻策划选题精当、匠心独运、内容高雅、过程生动，悦人耳目，益人心智，且具历史沧桑之感与人文关怀之情，堪称经典之作。

新闻策划有时也能为读者创造一种奇妙的情境，一旦进入此种情境，人们就会自觉地被感染，心灵得以净化，境界得以提升。新闻报道将人们习以为常的事例置于特殊的场景之中，能够引发受众心灵的震撼，使之与作者和新闻人物一道感同身受，从而加强对新闻事实和新闻人物的理解。每年的"六一"国际儿童节是人们习以为常的节日，如果仅仅反映儿童欢庆节日的场面，未必能引起受众的兴趣。2004 年 6 月，《南方日报》编发《深圳五个孩子的"六一"节》专栏，分别报道了五个同龄不同命的孩子的生存状态：教师子弟："我是小球星"；小贩儿子："想要数码霸王龙"；外商女儿："每天都是六一"；孤儿福登："我的风筝飞得最高"；卖花少女："想去公园坐小火车"。在同龄人欢度自己节日的时候，卖花少女李丹却为生活所迫，由"叔叔"监管沿街卖花。她最大的心愿就是"想去公园坐小火车，更想牵着妈妈的手"。巨大的反差深深震撼读者的心灵，他们必然对小女孩寄予深深的同情。有声有色，情真意切，新闻创意之美，感人至深。

（原载《东江时报》，2007 年 8 月 3 日）

灾害报道之误区

中国改革开放三十年，取得了举世瞩目的成就，社会面临深刻转型。处此过程之中，人与人、人与自然之间矛盾突出，重大灾难频发，灾难报道成为新闻媒体报道的热点和难点。

2008 年，天灾人祸频发，中华民族经历了严峻考验。冰雪灾害肇其端，拉萨暴动继其后，四川地震造其极，金融危机终其岁也。在所有这些重大灾难报道中，新闻媒体及时、公开、透明，传达党和政府之意图，反映人民群众之心声，展示新闻媒体之风采，可歌可颂，令人敬仰。然而，天灾人祸难以预测，媒体业者素养不一，此类报道难免出现失误。试举几例，分述如下：

其一，官本位意识彰显。中国社会，封建意识根深蒂固，以官为荣，以官是求，以官是从。受此种意识的影响，新闻媒体往往陷入误区，有意无心强化了官本位意识。于是乎，天灾人祸不是新闻，领导视察才是新闻，镜头对准领导，版面留给首长，灾情难以窥视，民困不予外闻。倘若救灾有功，论官行赏，媒体更是推波助澜，不遗余力。奈何天不领情，面对那些饱受磨难的生灵，面对那些逝去的亲人，一官一爵岂能补偿，辉煌仕业何以安心。因是之故，民为国之本，官为民之仆，媒体为民所有、为民所用，自是不言而喻之理。

其二，从众从俗心理。反映老百姓的心声是对的，但盲目从众则又有所不妥。冰灾春运期间，数以百万计的民工滞留广州火车站。当此之时，新闻媒体除客观报道冰雪灾情和旅客滞留的实际情况之外，更应理性分析造成这一现象的深层原因，并预料事态发展之趋势，引导旅客科学决定其去留。但是，我们的媒体大多没有这样做，他们与旅客一起拥挤，与旅客一起着急。更有甚者，中央电视台某位著名记者，站在万头拥堵、水泄不通的广州火车站，愁眉苦脸地计算："今天二十七，明天二十八，马上就是大年三十了，这些旅客怎么回家过年呢？"其实，此时大可不必强化过年的意义，应该科学地分析每一天都是二十四小时，只要随遇而安，哪一天都是过年，哪一地都可过年。此外，新闻媒体放大某些突发事件的网民声音，缺少自己的独特视角和观点，缺乏热中求冷、躁中求静的职业素养。

其三，封建迷信意识。由于在日常生活中，往往有一些一时无法解释的现象，我们的媒体喜欢故弄玄虚，不知不觉间助长了封建迷信之风。在当代，科技日益进步，人们的物质生活水平明显提高，但精神文明却明显落后，一些迷信思想仍然广泛存在，如语音迷信、数字迷信、异象迷信等，随时随地可见。不幸的是，我们的政府管理部门和新闻媒体，不仅不批评和引导，反而加以宣扬。例如，某些媒体过分热衷于所谓"何仙姑的仙桃""龙岗千龙宴"、吉祥数字车牌号码拍卖等类的新闻报道。这样，无形之中助长了封建迷信思想的传播。

舆论导向是中国媒体乃至一切媒体必须承担的责任。这既是党和政府对媒体的要求，也应该是媒体人的自觉认识。大致说来，舆论导向可以分为以下三个层面，即政治导向、行为导向和价值导向。其中，价值导向是基础和核心，是舆论导向效果凸现的保证。总体而言，我国新闻媒介在政治导向、行为导向方面能够训练有素、准确无误，但在更深层次的价值导向方面，则往往不尽如人意。其所以如此，在于记者人文修养和道德水平参差不齐。故欲保障舆论导向的正当性与正确性，新闻记者不仅要有过硬的采、写、编、评、断的业务本领，还要有坚定的民族情怀和党性原则，更需要有以人为本、科学冷静和坚守真理的道德修养。

（原载《岭南新闻探索》，2009 年第 2 期）

第六辑

书翰淋漓在此间

岂可因人废其字

巴蜀名士田家英，性喜书法，酷爱收藏。其为书也，崇尚颜氏之法帖，盖景仰琅琊鲁公之忠烈也。其所收藏，以"小莽苍苍"而名斋，或欲效法浏阳谭氏之高节耶。古人云：物以类聚、人以群分，惺惺相惜者，此之谓也哉？然书法者艺术也，节操者品性也。书艺与人品或有相通相交相似处，但二者毕竟不同，焉能混为一谈？若肆以人品评价书艺，或以书艺揣测人品，则无异于术士相面，信口雌黄，未有不陷于荒谬者也。

明代书画大家董其昌，年轻气盛，自负高蹈，讥讽赵孟頫"失节于元"。由此牵连到他的书法，说他的字笔力软弱，体态媚俗，"不入晋唐门室"。及其暮年，见多识广，功夫精深，董氏愧疚于心，自叹逊吴兴远矣。赵孟頫为宋太祖十二世孙，宋亡事元，官至二品。从所谓民族气节大义而言，其操守似有亏欠。但宋廷腐败百年，自蹈覆辙，与百姓小民何涉？赵氏闲居乡间，埋首书艺，精通各体，尤以行楷见长。其字也，结构严谨，风骨劲健，形态俊美，灵光秀逸，珠圆玉润，堪称中国书法史上之高峰。仅此而论，赵氏实无愧为中国文化之巨人，七百年间，鲜有出其右者。

由此可见，人品高洁之士非尽艺术天赋，节操含垢之辈不乏卓越之资。吾人于此，本应实事求是，分别对待：是其所是；非其所非；是非纠葛者，则兼其是非而是非。奈何现实生活之中，人们往往惑于私利和情欲而流于偏见，因人废言、因人废事、因人废字、因人废歌者大有人在。戴季陶氏天资聪颖，早年思想急进，宣扬社会主义不遗余力，因其中途拥蒋反共，后世无以传其言。林彪元帅一代军神，挥师神州南北，创建人民政权居功至伟，因其晚节误入歧途，至今难以立其事。康生者流一介书生，平生亦有雅趣，书法收藏皆可名家称，因其秉性阴鸷回邪，众人鲜能窥其室。董文华小姐歌唱名家，青春靓丽，音色甜美，因其偶尔误入红楼，观众遂难闻其声。凡此种种，以政治定优劣，依人品标高低，意气用事，激愤偏颇，至为明显。

与此相反，因人立言、因人立事、因人立字、因人立歌者，亦不乏其人。有些话，明明空洞老套，平淡无奇，因其言语者官高爵显，于是乎，赞美之、吹捧之、宣扬之，众口嚣嚣，不亦乐乎。有些事，明明急功近利，劳民伤财，因其主导者财大气粗，于是乎，附和之、贯彻之、力行之，济济攀附，不遗余力。有些字，明明花拳绣腿，漫无章法，因其书写者位高权重，于是乎，索求之、展示之、标榜之，扬扬得意，飘浮云端。有些歌，明明词曲平庸，音韵浅薄，因其演唱者依托权贵，于是乎，追捧之、厚酬之、张扬之，星光熠熠，名利双收。凡此种种，与钱权相依违，以利害定取舍，奔竞射利，蒙昧天良，昭然若揭。

老子有言：天道无私，不可得而亲，不可得而疏，不可得而利，不可得而害，不可得而贵，不可得而贱。因是之故，其言、其事、其字、其声当立者，虽废，终当立也；其不当立者，虽立，终当废也。

（原载《广州日报》，2008 年 1 月 4 日）

周正俊朗书之魂

　　兴稼学书，且临且悟，略具形神。各家之中，由欧而赵，循赵返王，乃窥其周正圆润、秀外慧中之精妙。继而顺流而下，于虞褚钟姜文董唐宋元明各大家，皆登门入室，探其奥妙。久之，内子戏言："随性所欲、泛滥无羁如此，宁望有所成耶？"平常未暇所思，一时为之语塞，耿耿于怀者久矣。忽一日，偶有所悟，疑虑涣然冰释。所悟者何？曰：周正俊朗，书之魂也。辄记如下，以待博雅君子之一笑。

　　夫字者，千古风流，各竞其秀，异彩纷呈。其中虽有千变万化，而千变万化者未尝离其宗耳。此其所谓宗也者，法天地之周正与效人文之俊朗者是也。盖文书之创，始于图画。图画之兴，源于自然。"古者庖牺氏之王天下也，仰则观象于天，俯则观法于地，视鸟兽之文与地之宜，近取诸身，远取诸物，于是始作《易》八卦，以垂宪象。"书文既然肇始于自然，理应效法自然。自然既立，阴阳生焉。阴阳既生，万物出焉。万物既出，形势成矣。有无之相生，长短之相较，高下之相倾，前后之相随，左右之相应，曲直之相倚，强弱之相扶，正反之相合，虚实之相形，于是天地之周正备矣。故书法者，应一以天地周正为依归也。

　　书法之周正，由微观而宏观，大致包含下列五义：其一，点画之间须横平竖直，点钩撇捺，各显真态，不可拘泥做作，率性张扬；其二，偏旁部首之间须恰当匀称，不能喧宾夺主，长短失度，轻重失衡；其三，内外结合须虚实相间，不能厚此薄彼，黑白颠倒，六亲不认；其四，一字之整体须周正协调，上承下覆，左右映带，藏头护尾，肥瘦适中，不能鼻歪眼斜，缺脚少腿，东倒西歪；其五，一篇之间，格调须协调统一，点画字行相互管束，不可顾此失彼，参差不齐。为书如此，必然结体严谨而周正，神韵充沛而飞扬。反之，如果失之周正，虽花样百出、龙飞凤舞，亦终将无以立足于天地而传之于久远。

书法既效法天地之周正，亦取诸人文之俊朗。人之造书也，远取诸物，近取诸身。远取诸物者，天地之周正内化于人心也。近取诸身者，人文之俊朗外形于笔墨也。概而言之，远取诸物盖谓书法之结体也，近取诸身盖谓书法之用笔也。宋人姜夔有言："魏晋书法之高，良由各尽字之真态，不以私意参之耳。"所谓"字之真态"者，盖书与人相类相通相应之妙境也。大凡人之手足眉目之属，喜怒哀乐之情，书亦无所不备。点画者，字之眉目也，眉清目秀，向背异形，顾盼乃能生情；横竖者，字之躯干也，修短合度，肥瘦适宜，匀称即显风仪；撇捺者，字之手足也，手舞足蹈，收放自如，翩跹方为优雅。至于草书之体，如人坐卧行立、揖逊忿争、乘舟跃马、歌舞娱乐，一切动静之态，绝非偶然，实乃近取诸身之明证。更为有趣者，花有花瓣、花蕊与花骨，人有四肢、五脏与关节，字有笔画、部首与结点。盖花骨为花之依托，关节为身之支撑，结点为字之关键。人物同构，堪称灵秀。人文相通，可谓俊朗。倘若偏离灵秀与俊朗，则人为丑陋，书显逼窄，终难愉己

悦人。人与物相类、书与人相通，一至如此，岂不妙哉?!学书之人，于此理应深省而细察之。·

　　法天地之周正，效人文之俊朗。学书之际，偶感及此，豁然开朗。时在戊子初冬十月二十六日。斯时也，丽日在天，和风拂地，温暖如春。意欣然也，笔信由之。

（原载《茂名日报》，2009年1月21日）

一笔独显与全局观照

兴稼学书，既得"法天地之周正，效人文之俊朗"之奇思，复发"一笔独显与全局观照"之妙想。其间，快乐之情状可以意会而难以言传。

凡学书者必临帖，而临帖者必有所本。吾之学书也，或欧或赵，或王或姜，或虞或褚，或文或丰，或沈或颜，无不宝而爱之，揣而临之。临摹之下，但见笔笔精彩，字字锦绣。值此之际，往往眼能观，心能想，而手不能至也。于是，手未停而意徘徊，心欲静而神翩跹焉。处此困顿惶惑之中，往往仿佛有如神助：字迹迷蒙之处，忽然妙目微启，但见一笔独显，熠熠生辉。至此，精神为之一振，眼前为之一亮，全字得其妙也。

大致说来，一字之中最显特色与最为精妙者，往往为其主笔也。所谓主笔者，一字之中主要笔画之谓也。清人刘熙载《艺概·书概》有云："画山者必有主峰，为诸峰所拱向；作字者必有主笔，为余笔所拱向。主笔有差，则余笔皆败，故善书者必争此一笔。"此类主笔者，或为居中支撑之横竖，或为贯穿全局之斜钩，或为包裹全字之走之，或为承上启下之部件，或为左右连接之点画，或为音形所生发之关键，或为四方辐射之聚焦。然而，一笔独显，所显何字？所显何笔？所显何时？其情各异，千差万别，均因人而异，因字而异，因时而异，未可一语而定也。

学书之阶，大抵先临其画，次临其形，再临其神，最后临其意。临其画者，临其点画气势之谓也；临其形者，临其结构形体之谓也；临其神者，临其精神风貌之谓也；临其意者，临其意流韵致之谓也。临其画者，因孤注于点画之变动，或偶有一笔独显之巧遇，但缺乏全局观照之辽阔。因是之故，若临其形、临其神与临其意者，远不能止于此境，而应更上层楼，予以全局之观照。所谓全局观照者，乃全面观察字体之建构、点画之连贯、偏旁部首方位之布局、内外虚实之照应，与夫意流气韵之灵动也。更有胜妙者，或如宋人姜夔之《续书谱》所言，临帖"皆须是古人名笔，置之几案，悬之座右，朝夕谛观，思其用笔之理，然后可以摹临"。当此之际，学书之人不宜手随目移、亦步亦趋，而应眼观全局，默识于心，心随意转，意牵笔动，凌空虚拟。一旦确立最佳切入点，则应毅然入局，信笔而书，一气呵成。如此而为，则形神兼备，佳书可得也。

一笔独显与全局观照分别代表学书临帖由形似到神似两个不同的发展阶段。形似不易，神似更难，任何学书高手均很难真正达到既形似又神似的境界。倘若真能形神兼似，则学书意趣全失也。世人皆学王羲之，而王羲之仅此一人而已。王羲之屡书兰亭序，而兰亭序仅此一帖而已。此何故？曰时空业已挪移，心境难再复现也。因此，书家绝不应仅仅局限于形似与神似，而更应求其意韵之相似也。元代书法大家松雪赵公有言："学书在玩味古人法帖，悉知其用笔之意，乃为有益。"此种用笔之意，既体现在字之结构及点画处理的一般规范之内，更流露于书品所蕴含的书家超凡脱俗的高洁情怀之中。学书若能及此，则书之意韵现矣。意韵既现，则心灵相通；心灵相通，则手随心动；手随心动，则书法之精髓可得焉。若反其是，俗气未净，心浮气躁，追名逐利，即使临书万遍，亦属枉然。古人云："德成而上，艺成而下，则殷鉴不远，何学书为？"由此可见，学书者以得其意韵为上，至于似与不似，均可在所不计也。

（原载《羊城晚报》，2009 年 1 月 17 日）

变乱悟书道

兴稼学书，数年一日，乐此不疲。每有所感，辄发谬论。谬论者何？曰无师自通，曰心中无圣人，曰变乱悟书道也。此类谬论一出，往往附和者寡而驳诘者众。于是，自觉有辩解之必要。

学书必有所本，有所师，然尽信本尽信师，则不如无本无师。其实，学书之事，全在兴趣、功夫与悟性。兴趣盎然，自可搜罗名帖，辨其优劣，勤加临摹。如此反复，法帖习于手目，名师出自心中。若了无兴趣，即使拜师学艺、入班进科，亦只能亦步亦趋，食古不化，自求创新必定枉然。倘若师道尊严流于拜师纳徒，自立门户，故步自封，此类师门陋习，又何必承袭。况且，当今之世，办班创收流行泛滥，此类师道庸俗低劣，又何必趋之若鹜。故所谓无师自通者，并非不尊师道，而是强调自我兴趣，刻苦自砺，并且反对师道尊严中的古典形式主义与现代庸俗主义。

历代书法名家，若王若欧，若颜若柳，若米若蔡，若赵若文，无论遒劲妍美，无不各具特色，精美绝伦，足可为百世之师。然而，反复临摹之下，细微推究之际，不难发现，即使名师大家之作亦难免白璧微瑕之叹。此类现象之发生，固然有临摹者观感不同之原因，更是由于书写者随意发挥之结果。有道是，世界上没有相同的两片树叶。

同理，任何书家也不可能书写出完全相同的两个字体。于是，相互比较之下，遂有高下优劣之别。唐人张怀瓘《书议》中有言："诸子于草，各有性识，精魄超然，神采射人。逸少则格律非高，功夫又少，虽圆丰妍美，乃乏神气，无戈戟铦锐可畏，无物象生动可奇。是以劣于诸子。"张氏之言或失之于偏颇，然亦可自成一家。依此而论，即使伟大如一代书圣王羲之者尚且如此，其他书家孰能尽善尽美？由此可见，所谓心中无圣人，并非狂妄自大，目空古今，而是强调既尊圣贤之道，又不妄自菲薄。如此学书，有所继承，有所变通，有所创新，岂不妙哉。

大凡善学书者必先本于一帖，反复临摹，待其初具气象，然后寻根溯源，转益他师。如此反复比较，同中求异，异中求同，同异杂呈，变乱之中，书道自见。书道之要，首在平正之中见险奇。点画之内，起笔之时重奇巧锐谓之险奇，收笔之处顿挫圆润谓之平正。一字之中，点画起落须险奇，整体构架须平正。一篇之中，一笔一字须险奇，整体气韵须平正。以点画之险奇求一字之平正，以一字之险奇求通篇之平正。如此，寓险奇于平正之中，方显出书道遒劲秀雅之风范。书道之要，次在收放自如。细察书圣之道，放中有收，收中有放，放收兼顾，纯出天然。放之中，千帆竞发，万马奔腾；收之时，危崖耸立，江海安澜。于是，收放相宜，遒媚一体，天衣无缝，俊美之佳书成矣。书道之要，尤在变乱出新。学书之初必先专攻一帖，待其气象已成，则可博采众长，相互借鉴，有所变通。变通之道，或以王救王，以赵救赵，或以王救赵，以赵救王，或以王、欧、虞、褚、沈、钟、颜、柳、赵、文诸家互救之。

依愚之见，以小楷而言，王字周正，赵字秀美，丰字规整，文字劲锐，至于沈字则寓劲险于丰润之中。倘若能博采众家之长，以其冶于一炉，必然辉煌灿烂，蔚为壮观。此类佳境，岂可得乎？岂可得乎？吾不得而知，唯利钝不计，戮力而践行。

行文至此，诗兴盎然，吟成一首，摘抄于后，以就同好。诗曰：

书楷平正实险奇，点画篇章布玄机。笔欲行右先向左，势倾高下意未离。盘马弯弓列阵势，轻歌曼舞飘彩旗。胸怀海岳变乱出，道媚收放总相宜。

（原载《东江时报》，2009 年 9 月 13 日）

书翰淋漓在此间

己丑之冬十一月二十七日，雨暴风寒。往陈初生教授处请益书法。先生热情迎迓，详加圈点，品其优劣，并示以"所临笔力强，而结体未达"数语。由是，吾勤练而深思之，于字之结体者似有所悟。所谓字之结体者盖有四义：一曰，字之整体须周正；二曰，各偏旁部首须协调并相互呼应；三曰，一字之内外空间之虚实须均匀饱满；四曰，整篇作品之谋篇布局须整齐划一，法度森严。由此可见，书法之结体，其考究精细，学书之人不可不深察也。

时隔半载，酷暑难当，汗流浃背，再往陈初生教授处请教书法。先生示以"点"画之法，云：书法之事唯"点"画最要最难。所谓最要者，即凡点横竖撇捺之笔画皆由点画而生发，起笔得法，则运笔得其要领也。于是，笔笔有点，字字有点，有点方有力度，有点方有气势。掌握"点"画之法，实乃学书要妙之一。所谓最难者，即"点"之书写变化多端，难以精准掌握。点有侧点、长点、横点之分，而侧点又有左侧点与右侧点之别。左侧点可变为横点与挑点，右侧点可化为长点与竖点。点画虽如此之难，然细心体会，或可窥其奥妙也。奥妙者何？先生曰点画之奥妙有三：一曰平心静气，心无杂念，下笔自然；二曰几乎原地即收，切忌刻意求尖或拖长；三曰收笔回锋自然，意到即可。如此用心体会，自然而不做作，精妙之点画跃然而出也。

庚寅中秋佳节，又访陈初生教授，汇报临帖之心得。先生示之者三：一曰勿甩笔，二曰按提顿转到位，三曰习《颜勤礼碑》。吾默而识之，退而习之。颜字气象开阔，结体周正，笔力强健，气韵生动，大气磅礴。临习之下，意越千秋，神交古人，顿悟自生，三者通焉。所谓甩笔者，撇捺竖钩之类随意率性而为之谓也。学书之时，一字之始往往始全神贯注，笔画精彩；后率性而为，一甩了之。结果形神尽失，功败垂成。欲矫此弊，舍习颜帖无由。盖以其架构之周正大方、气势之开阔从容，神韵之充沛悠长。以此用之于撇捺竖钩之间，自然境界开阔、意气充盈，运笔圆润，从容不迫，甩笔之弊随之而除。至于按提顿转，主要针对"横"画之书写要领而言。大凡一横之书写，先切入按下，随之提笔上行，继而顿笔凝注，最后回转照应。如此运笔，低开高走，错落有致，扬抑有度，变化之中显圆润，圆润之中见筋骨，前呼后拥，一气呵成。故书法之妙全在"一"画之中。有此精彩之笔，则所书之字必然神采飞扬。设若一字之中，数笔如此，甚或笔笔如此，则其妙不可言也。于是乎，执笔稳健如山，运腕灵动如水，刚柔相济，收放自如，畅快淋漓，精美书法，庶几可成。

上述云云，言已毕而意未穷。随兴所之，赋诗一首，以畅胸怀。诗曰：

清秋松声泉气香，书翰淋漓在此间。意沉心底形似水，手握管毫势如山。大刀阔斧开新局，精雕细刻绘华章。按提顿转皆成趣，轻重缓急任张扬。行云流水胸中出，有无虚实近天然。珠圆玉润灵光照，金弯银钩意韵长。欲借圣贤千秋意，荡涤肺腑尘与烟。极目岭表云天外，忘却书生满头霜。

（原载《茂名日报》，2010 年 11 月 18 日）

笔缘三悟

　　庚寅之秋十月十九日，夜深人静，奋笔学书。舔笔之际，着力过重，笔为之折，遂弃之，不以为意。就寝之后，辗转反侧，难以入眠。似睡非睡之中，隐约见一丽人飘然而至，立于床前而诉说："吾乃君之笔，偶有闪失而断折。若蒙不弃，稍加修补，尚能伴君左右以供驰驱。且君本勤俭，奈何欲效奢靡之风，弃可用之物，失清贫之本耶？为君不取也。"吾感其意，嘉其言，幡然有悟，决计修笔。次日早起，修旧如新，畅快莫名。借此佳缘，顿悟用笔之道。其道者何？要妙有三：一曰执笔如刀，二曰笔随意动，三曰观字如花。

　　所谓执笔如刀，乃执笔运腕之要领也。执笔为书法之始，此中深有讲究。苏东坡云："把笔无定法，要使虚而宽。"指实掌虚，执笔稳健，运笔灵巧，且能长时间保持轻松愉悦的书写状态。至于运笔，颜真卿论述最为精当："用笔如锥画沙，使其藏锋，画乃沉著。当其用锋，尝欲使其透过纸背，此功成之极矣。"如锥画沙，执笔如刀之谓也。笔之于墨，如蘸水磨刀，使之锋利。笔之于纸，如利刃向薪，披荆斩棘。执笔如刀，利刃在握，慎之又慎，岂可率性而为哉。书写之时，面对光洁晶莹之纸张，自然有一种畅怀欲书之激情。正如置身江岛，遇见沙平地静，令人意悦欲书。此时执笔而书，必有如印印泥，如锥画沙之感慨。

赵孟頫亦云："书法以用笔为上，而结字亦须工。盖结字因时相传，用笔千古不易。"至其如何用笔，他主张"笔在中锋"。"笔在中锋"须始终保持笔锋运行于点画中央，恰如锥之画沙，锥尖所过之处必为沙沟最深之迹。如此执笔，乃能力透纸背，入木三分，金石可镂。

　　所谓笔随意动，乃意念支配运笔之道也。笔执于手，运于腕，然手腕皆受制于心。古人作书，必先静心安神，务使意在笔先，笔随意动，字居意后。依此类推，达于极致，或可谓"意动而笔不动"也。诚然，"意动而笔不动"并非绝对之言，而是指意念支配运笔，当笔画运行至关键位置或犹疑不决之时，比如顿收、转折、侧提、竖钩之处，其笔似乎可原地不动，而一任意念自动流转。当此之际，笔画似乎不动，仅有意念在笔端流注运转，或停顿、或圆转、或侧靠、或舔帖、或轻提、或斜钩、或反捺、或回锋。凡此种种，皆不显山露水，意具而形不出，翰墨止而未穷，可谓天衣无缝，神来之笔也。

　　所谓"观字如花"，乃构字结体之要妙也。花为草木之精华，表面而观，花团锦簇，灿若云霞。仔细观察，花其自有精妙之结构。大体而言，花有花瓣、花蕊、花萼与花骨之分。花瓣、花蕊、花萼者，花之外形与风采也。其形婀娜多姿，其色绚丽多彩，其香芬芳扑鼻，人皆欣赏赞誉而不吝其辞。花骨者，花之内核与骨架也。其状紧凑坚劲，气凝神聚，非有心之人难以窥其真容。赏花如此，观字亦然。字之外形也，端庄秀丽，光鲜圆润，风姿绰约，世人皆乐观而喜爱之。至其精气之所凝聚，神采之所辐射，要妙之所生发，非书家未可轻易窥睹。因是之故，学书之人每至繁复与关键之处，务必凝神静气，精心为之。凡此关键之处，宜焦点聚集，结构坚劲，精气内敛，如猛虎在山，重拳在握，虽含千钧之力而未敢轻易挥发。此何故？曰：此乃盖字之花骨者也。

修笔结缘，有此三悟，自奋益勤。或曰：人一能之己十之，人十能之己百之，人百能之己千之。如此，千千万万，万万千千，时日相忘，功利不计，苦乐不较，悠游其中，自然有所感悟，水到渠成，未有不成功者也。正可谓，寂寞寒窗书小字，何愁天下不识君。

（原载《茂名日报》，2011 年 7 月 16 日）

弧行天下

　　壬辰之夏五月十七日，酷暑，顺道往暨南大学科学馆艺术展览中心向谢光辉先生请教书艺。吾以近日感悟所得"弧行天下"四字出之，先生笑而首肯，愿闻其详。

　　"弧行天下"者何谓也？曰执笔运腕之要诀也。余观乎，外部客观世界纷繁复杂，然而人表现对外部客观世界之观感，仅用直线与弧线即可描绘殆尽。此种情形，无论书法、绘画、雕塑、建筑，乃至音乐，概莫能外。此何故？曰世间线条仅直线与弧线而已。直线者，八卦中阳爻之谓也。弧线者，八卦中阴爻之谓也。具体到书法而言，直线者大致为横、竖、折之类，弧线者或许为撇、捺、点之属。然而，直中有弧，弧中有直，弧多直少，直皆为弧。如此而言，弧行天下可以言之成理也。对于功书之妙，张旭论书有云："妙在执笔，令其圆畅，勿使拘挛。"为书之时，心中常存弧行之念，手腕常成弧行之势，笔端常含弧行之意，笔画常现弧行之态。书法之事若依此而行，则其字必然古朴厚重、浑然天成、飘逸秀美、各形生态，法度森严。

　　然则，弧行天下者之所何出耶？曰：勤学、苦练、精思致之也。吾辈学书有年，尚能谨遵师训。陈初生教授曾耳提面命，学书之事，宜守"奴隶主义"之立场，与本乎"唱好一首歌"之态度。所谓"奴隶主义"之立场，即学书之人应老老实实临摹法帖，痛下苦功。倘若不守此训，自以为是，率性而为，我行我素，必定漫无章法。长此以往，即使为书千遍万遍，终难窥其书艺之门。学书必须临帖，然历代名帖甚多，个人爱好不同，初学之人，容易目迷五色，难以取舍。若见美即爱，逢帖便临，随心所欲，亦难有所成就。因此，学书之人应本于一帖，心无旁骛，反复临摹，精益求精。此乃"唱好一首歌"之态度也。

本于一帖，反复临摹，反复观察，反复比较，反复思考，必定有所归纳、有所联想、有所发现、有所进步、有所创造。若夫余之所本之帖，小楷为唐人沈弘所书《阿毗昙毗婆沙智捷度修智品》，大楷则为颜真卿撰书之《颜勤礼碑》。此两者均周正圆润，笔势雄奇，光彩射人，吾饱爱之。吾于《唐人写经》，反复临摹之下，尚能窥其奥妙，略具形神，亦获师友好评。然于颜氏之碑，虽眼能观其妙，而手不能尽其巧，笔不能达其意。于是，困顿惶惑之中，常存比较思索之念。思索既久，颜字精妙之处常能豁然跳跃，自我呈现，予人以鲜明之启示。启示者何？曰顶天立地，曰厅堂宏阔，曰上紧下松，曰大气磅礴，曰如锥画沙，曰观字如花，曰弧行天下是也。

孔子曰："学而不思则罔，思而不学则殆。"治学如此，学书亦然。是以，善学书者必能学而思、思而学也。然则，思从何而始耶？曰：从自身之实践始，从内外之比较始，从自身之教训始，从迷茫困顿始。唯其如此，方能学而有所思，思而有所得，得而有所成。依此而言，失败为成功之母，真乃金玉良言也。

（原载《茂名日报》，2012 年 7 月 23 日）

买砚小记

　　古人云，工欲善其事，必先利其器。做事如此，学书亦然。意静神爽，心灵手巧，纸莹砚滑，笔酣墨畅，嘉善之书，庶几可成。由此可见，善学书者，除性静心细之外，纸笔墨砚之精良，亦不可等闲视之。

　　吾之学书，友人常以纸笔墨砚相送，其中尤以赠砚者居多。时日既久，大抵端、歙、洮、澄四大名砚均有收集，其中又以端砚为多。大者如斗，小者似方，或龙凤呈祥，或湖山烟云，或草木花卉，或神仙侍女，雕刻精细，各显真态，价值当属不菲也。不过，名砚虽多，心仪者寡，盖以其观赏性高而实用性少。且吾主攻小楷，所需砚台，求其质朴小巧、实用而已矣。于是，耿耿于怀，时加留意，静待佳缘。

　　岁次壬辰，时在初冬，地处广州华南御景园。小贩地摊之上有小砚一方，甚合吾意，即以二百元购置以归。细加审视，但见红木砚盒之上，刻有小字数行。正上方方框之内为"康熙御览贡品"，其下正中为"文轩阁"三个大字，右边和左边分别为"康熙十六年贡品"和"徐元文雅玩"，下方为"康熙贡品"四字。砚台为纯黑色，质朴醇厚，石质细腻，温润有如墨玉。下方有一圆形墨池，池心稍深，池壁向四周平缓伸展，仿佛大漠之中一眼纯净的秋池，给人以平和亲切之感。因其研磨既久，池底石质呈浅红色，恰似金沙铺洒在明净的秋水之中。墨池上方为大面积石台，上刻小楷律诗一首。诗曰："凤凰台上凤凰游，凤去台空江自流。吴宫花草埋幽径，晋代衣冠成古丘。"诗意虽然浅近，但所书小楷周正圆润，大有明代董其昌之书风。考虑到康熙帝曾痛下苦功临摹董其昌所书之《金刚般若波罗蜜经》，此诗或为御笔亲书，亦未可知。且其刻工精致，笔韵洒脱，收放自如，切口清晰，天衣无缝。由此推知，此砚盖为原物，似非当代之人所能仿制也。

至于砚之原主，徐元文者何人？通过百度搜索，结果如下：徐元文（1634—1691年），字公肃，号立斋，江苏昆山人。顺治十六年（1659年）进士第一，顺治帝称为"佳状元"，赐冠带、蟒服、乘御马等，授翰林院修撰。康熙十八年（1679年），出任《明史》修撰总裁，升国子监祭酒，充经筵讲官。后任左都御史，官至文华殿大学士兼翰林院掌院学士，康熙帝多有奖赐。徐元文与其兄徐乾学、徐秉义都是进士出身，号称"昆山三徐"。长于经史，善书法，著有《含经堂集》《得树园诗集》。

名人、名砚、名字，三美兼具，自是佳品。考据至此，说与妻听。妻大笑不止，以为庸人说梦。真耶伪耶，自得其乐，未可当真。区区二百元，得石头一方，可以研墨书写，可以赏鉴遐想，可以赏心悦目，足矣。

（原载《茂名日报》，2012年12月2日）

书法音韵随想曲

兴稼学书，于兹六载。埋头耕耘，不问收获。唯其如此，且临且悟，见微知著，由浅入深，时有所得。2012 年 12 月 7 日，农历壬辰之冬十月二十二日，久雨初晴，万里无云，临习《唐人写经》如仪。不经意间，发觉其字灵动飞扬，绵里裹针，意蕴充沛，似有音韵律动之感。于是，心有所感，手为之动，笔舞蹁跹，翰墨流畅，书法之音韵，随之涓涓而出也。

书法音韵者何？曰天地阴阳、动静变化、心律起伏、呼吸接替、自然节奏在书法中之流露也。点画之间，若起伏之相应，轻重之相衡，刚柔之相济，谓之点画之音韵。字体之间，若长短之相较，偏正之相依，虚实之相形，谓之字体之音韵。篇章之间，若首尾之相应，聚散之相用，动静之相映，缓急之相宜，谓之篇章之音韵。凡此种种，皆为自然之节奏与书家之主观感应在书法中之表现。正如当代书家李铎先生所言："此者，皆由心绪情感之主宰，将生命意识，流诸笔端，形成具有审美价值之线条律动所致。其神理与音乐相契。音乐为有声之节奏，书法当属无声之旋律。从一定意义上说，书法即凝固之音符。"此乃书家之真言，学书之妙境也。

然而，书法之音韵缘由何处耶？或曰：源自天地之律动，发乎书家之心迹也。宋儒周敦颐有言："无极而太极。

太极动而生阳，动极而静；静而生阴，静极复动。一动一静，互为其根，分阴分阳，两仪立焉。"由此可见，世界的根本是无极，由无极而太极演化出阴阳，阴阳相互对立、相互转化表现为动静，动静之频率表现为节奏与音韵。因此之故，天地间万事万物无不有其节奏与音韵。天动地动潮汐动，天地之节奏与音韵也；山动水动气流动，山水之节奏与音韵也；歌动舞动手足动，五体四肢之节奏与音韵也；呼动吸动心灵动，思想意识之节奏与音韵也；心动手动意识动，艺术创作之节奏与音韵也；点动画动篇章动，书法创作之节奏与音韵也。

　　动静之间，洞见天理。人生变化，动静相宜，来自于天，得之于心。反观内心之动静，体验意识之流转，方能超越现实条件，进行创造性之思维，每际于此，艺术佳作应运而生焉。书法如此，绘画、音乐乃至学术文章亦然，概莫能外，概莫能外。

　　　　　　　　（原载《茂名日报》，2012 年 12 月 24 日）

第七辑

建阳千秋梦

回首望故乡

万里长江出三峡，过宜昌，进入一马平川的江汉平原。荆州以下，江北是湖北省监利县，江南是湖南省华容县和岳阳县。我的家乡——岳阳县黄金乡书稼冲，就位于这两省三县的交界处，那里是著名的鱼米之乡。

儿时的梦呵，从这里开始。人生的旅途，从这里起航。高高的升级山是我和小伙伴放牛砍柴的地方。站在山顶，放眼望去，村舍星罗棋布，田野绿茵铺展，长江如彩练飘舞而过，白云在蓝天上舒卷变幻，一幅幅绚丽多姿的图画在白云蓝天间轮番上演。然而，生长于斯的我，当时并没有体验到家乡的美好。相反，苦难的岁月却在脑海中留下了深深的印痕。

一九五八年以后，农村办集体食堂，实行"十三集中"。究竟哪十三集中，至今未能详尽考证，反正小孩子是被"集中"起来了的。附近十几个村庄的小孩子集中在一起，约数百人。开始的时候还有饭吃，后来每天只能吃少量稀粥。每个小孩饿得皮包骨，头大腿细，活像一群小木偶。饿得发慌的时候，就满地找东西吃。印象最深的是挖桃核吃。别人吃过的桃核，埋在地下一年或两年，桃仁已经腐烂变质，但仍然可以用来充饥。记得第一次照相，大约是一九六三年春夏之际。父母双亲，兄弟姐妹，虽然生活清苦，但欢聚一堂，仍然其乐融融。这是一张真正的也是唯一的"全家福"。自那以后，母亲不幸辞世，父亲拉扯我们兄弟姐妹六人艰难度日。

弯弯的山村小路连接着家和学校，读书的快乐使我未曾感受到生活的艰辛。乡间小路的延伸，把我从小学送进了初中和高中。多少朝雾晚霞，多少同伴的欢乐、长辈的怜爱与师友的关怀，飘洒在乡间的小路上，沉浸于记忆的深海中。

一九七四年，高中毕业回乡务农之时，正是文化大革命"全面专政"疯狂最盛的年代。阶级斗争的狂风暴雨也毫无例外地一直扫荡着这个偏僻的小山村。在村里，蔡为大姓，另有邓、李、贺三户小姓。本来，父辈们和睦相处，亲密无间。待到"文革"之时，李姓仔某担任大队党支部书记，这种关系遂遭破坏。李某原本腼腆而好学，但在时风熏染之下，他逐渐变得好逸恶劳、刚愎自用、专横跋扈。为向上级邀功请赏，乡亲们成了他批判斗争的对象。父亲蒙冤，被错划为"二十一种人"，即由他一手构陷而成。所谓"二十一种人"，是指包括地主、富农、反革命分子、坏分子、右派分子、叛徒、特务、内奸、工贼、知识分子臭老九等在内的需要内部监控与专政的人员。其空洞、宽泛与严酷若此，必定上下生心，左右侧目，人人自危。"左"祸肆虐，群小张狂，"文革"恐怖动乱，真乃史无前例。

一九七六年九月九日，毛泽东弃世，旋即，"四人帮"就擒。国家进入了历史新时期，个人命运也发生根本变化。恰在此时，趁李某外出之机，大队会计为我办理了迁居华容县三封公社的证明。我在那里任"民办教师"，直到一九七八年参加高考，进入湘潭大学读书。然而，此其时也，

"文革"大势已去，"左"祸毒焰尤炽。李某回来后大发雷霆，立即停发我全家的口粮。可怜的父亲为了全家的生计而东借西讨，受尽屈辱。这样拖了一年多时间，在公社党委书记多次责令下，李某才发放口粮。这一切，父亲当时并没有告诉我。多年以后，我回家探亲，才知道详情。时至今日，每念及此，仍然深引自责，痛心疾首。总之，一九七六年，当我离开家乡的时候，家乡的山是秃的，水是浑的，人是穷的，政治气氛仍然是恐怖的。

路越走越远，书越读越多，城越进越大。远离了农耕，远离了乡村，远离了亲人。斗转星移，物是人非，但家乡的山水始终在我心头萦绕，父老乡亲的音容时常在我心中微笑。故乡呵，那里有我童年的梦，那里有我生命的根。千里回首望故乡，故乡永在我心中。

（原载《汕尾日报》，2008 年 9 月 4 日）

祭父文

千禧龙年，早春二月，吾在广州。卧云山之松柏，闻珠水之波涛，观宇宙之无限，叹人生之短暂。由是思念慈父，悲从中来，夜不能寐。东方既白，乃援笔作文以祭吾父。其辞曰：

家父蔡姓讳荣卓，字芳璧，南宋著名理学家西山先生元定公第二十五代裔孙，湖南省岳阳县黄金乡书稼冲人。生于公元一九一五年冬十二月二十九日，卒于公元一九八三年秋十月十七日，享年六十有九。生年未久，寄托外家，全赖外祖抚养成立。盖先人惜钱，幼未及学。稍长，刻苦自学，精通文墨。诗文书画，算术堪舆，乃至音律乐艺，均所擅长。抗战爆发，强征入伍，赴长沙、韶关、杭州、九江等地，抵御日寇。旋返家乡，参加新四军，任文书之职。战后复员，开堂讲学，教授生徒，以华容注兹口最为胜意。娶妻许氏讳梅香，生育子女七人。长女铭兰、长子铭耀、次女兰芝（早夭）、次子铭泽、三子铭让、三女泉兰、四子铭成。解放初期，参加乡政工作。惜累于家务，中途而返。中年丧妻，子女待哺，遭遇"文革"。著诗文《痛妻纪念》，为乡竖毁累，受尽折磨。幸赖邓公，拨乱反正，苦尽甘来。及子女长成，心胸畅朗，吾父垂也，至于不治。未能享成，惜乎哀哉。撰文立碑，永志哀思。碑立岳阳县黄金乡书稼冲芳台湾凤凰山头家父之墓前。

（原载《广州日报》，2007 年 5 月 15 日）

先父从军记略

先父蔡姓讳云卓撰

司马迁好游，遍历山水；宗少文好游，博览舆图。斯二人者，天下之大，宇内之繁，莫不了如指掌。然则，司马迁之文著迹显，而宗少文卒未有所闻。此何故哉？谚曰：读万卷书，不若走万里路，信乃然也。

余于民国二十六年冬，国民党大抓壮丁，充实炮灰，被迫之下，从戎远征，所过名胜区域，亦不寡矣。余常思以志之，奈才浅学肤，无从命笔。但记忆往事，欲罢不能，故不揣浅陋，聊草而略言之。

十二月朔，余不幸被捕缚送岳阳。越五日，夜乘火车，开赴长沙。及抵北站，乃西渡橘子洲，复西进十余里，其地名曰望城乡大坝塘，遂在此整编士伍。余入编湖南保安新兵司令部第九团三营二排三班。

此其时也，日伪猖獗，军训乞紧，新编士伍，终日操练。教练官圆睁怪眼，汹汹作势，破口辱骂者有之，拳打脚踢者有之，其思家逃遁捕而枪杀者亦有之。处此心酸之境，唯以背地而饮泣。

朔风呼啸，雨雪交加，转眼之间，已是除夕之夜，自营长以至于班长无不欢笑若狂：或猜拳行令，或弦歌嘈杂，正如古诗所云，"商女不知亡国恨，隔江犹唱后庭花"。余因思乡怀亲，独倚营门，目睹满天风雪，情绪万端，因占七言一诗云："朔风阵阵雨含烟，极目关山迷楚天。游子思亲情寂寞，桃符不觉又新年。"

皎皎日出，雨雪融消，元旦一瞬，已是元宵。是日也，乃星期天，停训休假。有好胜者，邀余往游岳麓山，余欣然许诺。于是，偕同人从岳麓山之北盘旋而登。及玉顶峰，遂小憩于石棋之上。余观夫岳麓四周，心潮起伏，感慨万千，因偶成七律一首，以泻胸怀云："一登岳麓便忘忧，放眼河山望四周。南楚三湘惊烽火，中原半壁陷倭奴。黑云低压长沙市，红日光辉橘子洲。八百洞庭翻巨浪，芙蓉国里洗春秋。"

满山青松翠柏，绿竹丹枫。南面山腹，有岳麓书院，校舍络绎，瓦缝参差，此乃湘省文化之中心也。西南有黄兴、蔡锷之墓，墓场砌置精美，顶有石碑，镌刻诗文。余抚其碑曰，黄蔡二先生，首创革命，提倡共和。广州之役，早丧清廷之元气；武昌再举，竟奠革命之基础。逐千古封建之余孽，登民族于衽席之上。功绩巨大，浩气长存。但而今，日伪猖獗，河山沦陷，君等有知，当为无限感慨矣。

另有张辉瓒之墓，余不屑往观，乃谓同人曰：日已中仄，游兴殆尽，何不归乎？同人曰诺。归途之中，余回首岳麓而歌曰："岳麓宕宕，湘水泱泱，四时丽景，山高水长。"归之营中，日将夕矣。

越数日，上峰令下，军开广州。遂由长沙乘粤汉路火车，飞速奔驰。余因好奇心起，翘首观望。班中一新兵，指告余曰，衡山东麓，即其家也。余久仰衡山之高大，乃五岳之一，恨未即景，因遥望寄思遂吟七律一首，以志景仰之思耳。诗曰："衡山高出万山头，泗水三湘脚下流。群麓纵横连海国，雄风挺拔冠神州。历经世代风和雨，阅尽人间春与秋。安得太平重即景，朝霞红染看新图。"

夕阳西斜，车抵广东曲江县。未审何故，而车旋返株洲，再由湘赣路东进。因去粤而复返，再而之他，遂引起军心忐忑，彼此猜疑。余因偶成小诗一绝云："初征车马出长沙，一到曲江又返槎。想是曲江无限曲，崎岖当道夕阳斜。"

汽笛声中，火车从株洲出发，过醴陵，出老关，途经吉安、上饶、南昌、樟树等埠，直抵浙江义乌县。遂驻军于义乌之南，其地名曰下驴亭，据云乃宋时抗金爱国将领宗泽之故园也。其南面，群山耸立，流水淙淙。山涧中，有各色玩石，五彩光润，玲珑可爱。若投入火中，旋起爆炸。询诸乡人，乃石英也。

二月中旬，鸟语花香。在此终日整训，待命抗日。忽阴云四合，寒风凛冽，盛开桃李之花随风飘荡，已而大雪纷飞，草树斜折。余凭窗观望，喟然叹曰："祖国大好河山遭受日伪蹂躏，人民疾苦，民族危机，又何异盛开之花卉遭此风雪乎？"因吟七言一绝云："仲春时节正春华，红紫竞芳柳发芽。一夜寒风呼啸急，雪花片片逐桃花。"

风静日出，积雪消融，上峰令下，军赴前线。因避敌机空袭，全军绕道步行。一日，来至仙霞山麓，临时驻军。余偷暇隙之际，寻一乡人，同登仙霞顶峰。此山东南连贯闽中。乡人告余曰，某山、某水、某城市。余谓乡人曰，我祖原出福建，后徙荆楚，因年代久远，故有闽楚之别也。余遥望闽中山水，因而歌曰："登仙霞兮，叠叠。怅河山兮，故国。追溯祖先兮，原出闽中。瓜瓞绵绵兮，荆楚派别。"

风声鹤唳，草木皆兵，军临萧山县境。人烟稀少，其挈妇将雏之家，迁徙一空。其时也，夕阳西下，暮色苍茫，遂驻军萧山大庙。几月来，徒手新兵，在此分发枪支。当晚，敌人冷炮不时震响。余辗转反侧，长夜难眠。但愿雄鸡早唱，迎来曙色阳光。

翌日，余遍观大庙神像，计以百数。余曰：神乎神乎，当此敌氛压境，飞寇凌空，胡不救民水火，驱逐虎狼乎？庙之东南，有严子祠。富春江边，有子陵滩。余皆往观。余曰，严先生，乃东汉光武之故人，高洁不仕，隐钓江湖。昔范希文曾作祠堂记，以高先生之节。余虽不及希文，亦不能无其述焉。因题七绝一首："不事功名兴自奋，云山水月即为家。节高万古清风在，仿见先生钓晚霞。"

富春江者，为浙江之一段也。即日军前驱驻点。为避免目标，进攻富阳，全军夜绕上游，渡过北岸。次日午后，到达富阳西郊之柳溪村，遂驻军于此，待命出击。当晚，余因警惕敌情，难入梦乡，乃吟小诗一首："待旦枕戈夜不眠，探身虎穴为中原。不因戎马关山冷，忧国忧民敢向前。"

大敌当前，警惕万端。时也三春暮景，星月无光。余独站岗哨，四顾徘徊，忽风声大作，猛雨骤至。当此之际，更需百倍留神，恨敌入骨，怒火填膺。因偶成小诗一首："风雨交临值夜岗，柳溪路口岂彷徨？任凭此夜风和雨，风雨终难胜太阳。"

越三日，夕阳西斜，上峰令下，进击富阳。于是，全军饱餐醉饮，轻装直前。暮色中，进入阵地。此处乃两座小山，名口大小湖南山，距富阳县城不到二里。湖南二字，引起余无限遐想，仿佛回到湖南故园，觉得无限欣慰，无限温柔。

黎明前夕，战斗打响。斯时也，天色昏暗，杀声四起，枪弹过而草木斩，炮声震而山岳颓。冲锋陷阵，包围受擒者有之，中弹伤亡者有之，伺机逃亡者亦有之。已而我军败绩，溃不成伍。归其咎，非士不用命，抗敌无能，实则由尸位素餐，威福自如，而丧失军心之将领而造成。昔曹刿论战有云，肉食者鄙，此其之谓乎？

余系新兵，列为后盾。敌军三发炮弹落在山顶开花，余浑身沾满泥土，幸无他故。瞬间，敌军包围山脚，且喜天降大雨，我等从山谷中冲出，及至据点，已是精疲力竭矣。

富阳一役，全军死伤逃亡者，将过其半，余连仅剩五十余人。于是，再招新兵，重整士伍。数日后，上峰令下，军开武汉。大凡湘鄂新兵莫不喜而不寐。遂由新登、桐庐等县，渡江而南，经兰溪、金华，再返义乌，旋乘火车直抵南昌。在此休兵两日，补充军力。余偕同人，偷暇游观，而滕王阁更惹向往。阁中有王勃序言，古今名题。余欣赏良久，乃成小诗一首："滕王阁高柱江流，物换星移几度秋。八一风雷惊帝子，天翻地覆震神州。"

第三日，军开九江，途中晓行夜宿，步履进军。及至沙河，复驻军两日。余遥望庐山，高耸江边。昔闻庐山风景，但恨无缘登游，因题"望庐山"五言一律云："遥望庐山景，风光隐约间。晴川挂瀑布，流水过沙滩。暮影浮江北，朝霞看楚南。归来种五柳，陶令笑开颜。"

翌日午后，军至九江码头，遂乘轮船，直抵汉口登陆，驻军于刘家庙。余挚友谭玉山私谓余曰，我等肩枪腰弹，奔南走北，父母得毋倚门之望，妻室得毋妆台之怨乎？今至武汉，实良机也，胡不归欤？余初未应，继则许诺，遂于夜色阑珊之中，来至宝庆码头。

翌日，渡过长江，至鲇鱼套，寻觅岳阳船帮。恰巧玉山舅父之船停泊在此，遂登舟易服，兴聚聊天。三日后，舟开扬帆，逆水而上。及至岳阳，余友玉山，邀余往游岳阳楼。余因归心似箭，故未久留，遂与玉山等殷勤致意，惜别赠言。归至家中，戚友咸来问讯，余一一为之具答。回忆往事，历历如昨，爰作是记，以志不忘云耳。

时在一九四零年春，写于华容注滋口

清酒一杯对天吟

堂兄蔡铭础，湖南岳阳人，湘潭大学哲学系教授，2013年11月6日去世，终年八十。因感念兄师之情，特撰此诗，致以哀悼。癸巳之秋十月初二，兴稼蔡铭泽撰述。

滚滚长江，巍巍昆仑。
三峡波涛，直注洞庭。
有小山村，书稼是名。
沃野平旷，水秀山灵。
民风淳健，人文兴盛。
兄长铭础，享有盛名。
饱读诗书，培育新人。
两湖三湘，桃李芳芬。
顾念乡谊，忠贞爱情。
抚育儿女，各就所能。
少怀雄心，打抱不平。
直面丑恶，何惧腐陈。
暮年抱病，壮志未泯。
历数十载，对党忠诚。
平实治学，宽厚待人。
不唱高调，修身唯谨。
热爱家乡，奖掖后伦。

为兄为师，启我前程。
天下为公，终身践行。
享有高寿，模范人伦。
尔今归去，西山添名。
高山仰止，遐迩倾心。
癸巳十月，秋风阵阵。
闻此哀讯，恸我心灵。
吾在南粤，身未北行。
撰此小诗，悼念哲人。
茫茫环宇，芸芸众生。
寿夭贫富，自然天定。
胸怀海岳，云淡风清。
随遇而安，依道而行。
兼祭兄师，不负生平。
清酒一杯，对天而吟。
悠悠仙路，滚滚凡尘。
言行嘉善，天下太平。

建阳千秋梦

　　公元二〇〇四年二月，春节已过，寒假尚宽。幽居思动，遂成福建之游。闽越古国，东临瀚海，三面背山，四塞之地也。此前未能涉足，盖因交通不便之故也。现在，广州至福州及武夷山航班开通，闽粤之间，天堑通途，展翼而至，谈笑之间耳。与妻女戏言，此次游历，目的有三：曰游山玩水，曰探亲访友，曰寻根问祖。

　　游山玩水，武夷览胜之谓也。探亲访友，探访福州年迈之姑父姑母谢旭华、李惠老先生及其子女诸表兄弟姊妹之谓也。至于寻根问祖，则说来话长，别有因由。

　　话说南宋庆元元年（1195 年），京城杭州发生了一场宫廷斗争。这一年，右丞相赵汝愚遭权臣韩侂胄排斥，罢相出朝，外贬永州，次年客死贬途。当世名儒，焕章阁待制兼侍讲朱熹党于丞相且讽谏皇帝，也受权臣丑诋而罢官。由是，定朱熹为“妖人”，斥道学为“伪学”，籍正人君子为“党人”，严加压制，是谓“庆元党禁”。

　　这场宫廷斗争波及千里之外的福建路建宁府建阳县，吾先祖西山先生元定公，以平民处士入籍，编管道州。庆元二年（1196 年）二月，州县逮捕，急于星火。朱熹率徒数百，集会城外寒泉寺，送别师友。坐客兴叹，至有泣数下者。西山先生不异平时，且赋诗壮别诸师友，诗曰：“天道故冥漠，世路尤险巇。吾生本自浮，与物多瑕疵。此去知何事，死生不可期。执手笑相别，无为儿女悲。轻醇壮行色，扶摇动征衣。断不负所学，此心天所知。"然后就道，杖履同其子著名学者蔡沉步行三千里，脚为之流血，至于舂陵。越二年，病逝于贬所。

西山先生无辜受贬，谪居道州，客逝他乡，无疑为个人一时之悲剧。然著名学者蔡元定、蔡沉父子轩临道州，上承濂溪周公理学之余绪，下启湖湘仕人蔚起之文脉，功德至伟而善莫大焉。此乃偶然中之必然，悲剧中之喜剧也。从此，蔡氏后裔繁衍于潇湘荆楚之间而报效邦国，思闽千年而志未酬也。

武夷之巅，九曲之滨，多有西山先生及其子蔡沉与理学大师朱熹讲学论道之所，众多摩崖石刻至今仍然依稀可见。游武夷而思建阳，观山水而慕先贤，心胸别样畅快。二月十九日，送别妻女返穗，独自逗留，专为建阳之行。

建阳县城在武夷山之南约七十里，素有"南闽阙里，理学渊薮"之美誉。南宋一朝，这里除孕育理学集大成者朱熹外，还产生了著名理学家游酢、刘勉之、刘爚、黄干、熊禾等。至于被誉为"紫阳羽翼，闽学干城"的蔡元定及其子蔡渊、蔡沉兄弟，更是出自建阳名门望族。宋元以降，此地书院棋布，书坊林立，教育文化事业极为发达。宋明时期大量文史哲名著，如宋慈所著《洗冤集录》和施耐庵所著《水浒传》等均由建阳书坊先行印制，然后风行天下。抗日战争时期，国立暨南大学曾在此办学，为国家培育了大批英才。

汽车在晨雾中穿行，巍巍青山迎来送往，崇阳溪水淡淡生烟。空气清新，沁人心脾。自武夷山南行，一路赏心悦目，神清气爽，安逸畅快。不知不觉之中，一小时车程过去了，如诗如画、古朴淡雅的建阳城呈现在眼前。啊，建阳，我的远祖之邦！啊，建阳，令人魂牵梦萦的地方！我终于来到了你的身旁，投入了你的怀抱。

既为祖邦，必有亲人。亲为何人，人在何方，茫然无向。稍事早餐，径直来到县政府大院。首先接待我的是县旅游局的工作人员，他们向我介绍了建阳县的历史、地理和文化古迹，其中特别提到了蔡元定和西山陵园。之后，他们特地电召建阳蔡氏宗亲会副会长兼秘书长蔡明先生为我导游。蔡明先生，四十岁上下，精明亲和，在当地极有人缘。得知我的来意，他极表热情，认为归宗之游子。

听蔡明先生介绍，建阳县城并非蔡氏祖居之地。建阳蔡氏开基之地，乃县城之西约六十里的麻沙镇。唐末天下大乱，河南光州固始人凤翔节度使蔡炉率所部五十三姓转战数千里，南下闽越，家于麻沙。于是，我们租车，沿建（阳）邵（武）公路，前往麻沙镇。晨雾悄然隐退，朝阳冉冉升起。乡间公路宛如轻盈的飘带，舒展于田头山间。

汽车轻快行驶，一座小山迎面而来。山上竖立着一块白底红字标牌，"西山陵园——蔡元定之墓"几个大字十分醒目。汽车离开大道循小路行驶数里，便来到了西山陵园所在地建阳市莒口镇上布村。我们下车，又步行穿过小村庄，沿着一条清澈而欢快的小溪流，拾级而上，抵达陵园。陵园坐落于上布村翠岚山之源，据说此乃西山公生前自卜寿寝之地。放眼望去，但见高耸入云的武夷山主峰黄岗山逶迤而下，自北向南，至于西山。西山如巨龙奔腾数十里，至此呈双蚌合抱之势，护卫陵寝。又有麻阳溪水自西向东，抱陵环绕，川流不息。陵园占地约三千平方米，属建阳市重点文物保护单位。园内牌坊高大，松柏苍翠，静谧肃穆。由卵石砌成的墓茔呈半球体状，墓碑"宋太子太傅蔡元定公之墓"字迹古朴浑厚。墓旁置"西山公亭"，供游人瞻仰凭吊。亭内石刻包括西山公生平事迹，西山公遗训——"独行不愧影，独寝不愧衾"，朱熹与文天祥的祭文，南宋理宗皇帝所赠"太子太傅谥文节"的褒词，以及清圣祖康熙皇帝御书"紫阳羽翼，闽学干城"之匾词等。亭侧有古井一方，据蔡明先生介绍，井中清泉甘甜可口，饮之，可以止渴祛病免灾。奈何，正值枯水季节，泉踪难觅。好在山下溪水淙淙，清澈诱人，掬而饮之，甘甜爽口，心胸畅快。

揖别陵园，继续前行，麻沙在望。下车伊始，走马观花。但见，碧野穷处三山现，波光粼粼一水流，屋宇连绵生齿众，百业兴旺呈安详。遥想炉公当年，以此立基创业，繁衍子孙，可谓思虑周全，目光远大。蔡氏聚居于此，和百姓而尽地利，设书院而兴教化，置书坊而连天下，究物理而演天道，终于成就了麻沙千年名镇的辉煌。据明嘉靖《建阳县志》记载："书籍出麻沙、崇化两坊，昔号图书之府。"风雨千年已逝，名镇风采依然。

甫至麻沙，先行拜谒入闽始祖炉公之墓。墓在镇北相辞岭排山之上，分设三排九座，均用黄色卵石砌成。墓群占地约三千平方米，四周砌有护墙。墓碑"有唐长官蔡炉公之墓"，为君之十世孙南宋著名理学家蔡元定及其子蔡渊、蔡沉兄弟所立。远望群墓，犹如一尊佛像，端坐山腰，伸展巨臂，敞开胸怀，福佑来者。传说修墓之时，风水先生交代泥工匠，分九天营造九座相同的坟墓，使人难辨真假。由于蔡家招待丰盛，匠人们干劲十足，竟在四天之内将九座坟墓全部修竣。结果，南宋一朝，建阳蔡氏一门四世出九儒，成为千古佳话。蔡氏"四世九儒"者，系指蔡发、蔡元定及元定公之子渊、沆、沉，元定公之孙格、模、杭、权。元定公及其子孙，他们父子兄弟前后相继，互为师友，师宗孔孟，护卫程朱，注经弘道，著书四十八种，西山先生元定公及其子九峰先生沉公共祀孔庙，世所罕见。民间传说难免穿凿附会，但炉公四日九重之墓与蔡氏"四世九儒"之荣，确系实情。

拜别祖墓，又觐宗祠。建阳蔡氏宗祠位于麻沙镇水南路八号，始建于唐朝末年，以后历代均有修葺。现有建筑系二〇〇三年在原址上翻修而成，占地五百五十平方米。整个建筑分前后两部分，三直入进，共十个开间，四面建有高达七米的防火墙。门首两边，分别镶嵌着南宋理宗皇帝题写的"西山"、"庐峰"匾额和"五经三注第，四世九贤家"的楹联。前厅为"九贤堂"，安置"四世九儒"的雕像，两边墙上分别悬挂着清圣祖康熙皇帝题写的匾额："紫阳羽翼""闽学干城""学阐图畴""家传心学"。后厅为"济阳堂"，安置入闽始祖炉公以下各位先祖之灵位。

在宗祠接待室，蔡明先生介绍了建阳蔡氏宗亲会的情况，并转达会长蔡建海先生对本人的欢迎与问候之意。为表感激之情，我捐款些许，并赋诗一首。诗曰："寻根问祖到建阳，九嶷荆楚浩气长。丹山碧水毓灵秀，热血忠魂护紫阳。功名利禄风吹过，道德文章万古传。祖先虽远精神在，忠爱家国永不忘。"时过饷午，宗亲设宴款待。大家缅怀先贤，谈论风俗，毫无生分。餐后惜别，依依难舍。怀着无比欣慰的心情，告别麻沙，告别建阳，告别远祖之邦。

次日凌晨，大雾茫茫，天地莫辨。七时，飞机正点起飞，冲出大雾，冲出层云，冲出云遮雾盖的武夷山。千年的思念啊，永远留在远祖的故乡。

（原载《羊城晚报》，2005 年 1 月 20 日）

道县一本书

在中国版图上，湖南省位居要冲，启承南北，连接西东。山灵水秀，人文蔚起，影响中国，至深且巨。省某领导曾这样描述湖湘山水：张家界一幅画，洞庭湖一张碟，道县一本书。

张家界地貌奇特，怪石嶙峋，鬼斧神工，如诗如画，甲于天下，信然一幅画也。洞庭湖方圆八百里，衔山吞江，静则波澜不惊、渔歌互答，动则阴风怒号、浊浪排空，信然一张碟也。然则，道县何奇，能与张家界、洞庭湖媲美耶？

道县者，古称春陵、道州，山水形胜之地也。营山巍峨托九嶷，道江澄碧接潇湘。夏无酷暑，冬无严寒，风调雨顺，人间陶本，天下谷源。道县者，襟带两粤，屏蔽三湘，三省之要冲也。秦始皇帝一统中国，屯兵营道，经略岭表，归化百越，实赖道州。道县者，文教昌盛，英才辈出，理学鼻祖周敦颐之故里也。濂溪先生上承孔孟，下启程朱，千年理学肇始于此，中国历史为之丕变。道县者，山高水险，远离中枢，历代志士仁人之贬所也。唐代名士阳城、元结，北宋贤相寇准，南宋著名学者蔡元定等，均曾谪贬道州。贤相名士来居此邑，倡明教化，居功至伟。邑人敬而爱之，祭而祀之，奉若神明。道县者，古朴蛮荒，民风强悍，革命造反之策源地也。三苗之居，皇权难及，民不聊生，辄举大事，惊闻天下。集山水文化、史前文化、理学文化、贬官文化和革命文化于一体，道县一本书，不亦信然哉。

道县这本书，丰富多彩，熠熠生辉，不可不读，不可不游。二〇〇四年，八月流火，酷暑难当。湘南唐、兰二君邀我道县一游，遂欣然允诺，一同前往。汽车出广州，过清远，西北向道州。山如青螺叠翠，江似彩练飘舞，瑶居像繁星洒落，小水电站飞瀑溅玉。随着山势不断攀升，汽车来到南风坳——湘粤两省分界点。白云在脚下缭绕，天风自八面吹来，时令仿佛突然从酷暑盛夏进入清凉深秋。置身大山怀抱，有天宇之澄碧，无尘世之喧嚣，真乃人间仙境，此乐何极！

进入湖南，风光迥异。山势逐渐变得平坦，丘陵与平原交替呈现，偶尔有几座小山包点缀在绿色田野间。夕阳依恋苍山，把千万道霞光铺洒在湘南的原野上。汽车欢快奔驰，向着蓝山，向着宁远，向着道县，向着那夕阳西下的地方。

夕阳西沉，薄暮四合，万家灯火在山间盆地闪烁。放眼四顾，高楼林立，华灯璀璨。这便是那远古的蛮荒?! 这便是那先祖曾经谪居的地方?! 这便是那蛰伏心底而又遥远的故乡?!

置身道州古城，遥想"庆元党禁"，那早已尘封的冤案，心中升起无限惆怅。南宋庆元二年（1196年），先祖西山先生元定公，因籍"伪学"党案，编管道州。越二年，客逝贬所，其子——著名学者蔡沉扶枢三千里，归葬建阳。编管期间，西山先生父子授徒讲学，著书立说，穷究天理，广施教化，深受邑人敬仰。从此，蔡氏后裔繁衍潇湘，报效邦国，千载流光。潇湘之畔，九嶷之巅，曾留下哲人踟蹰的身影和思乡的嗟叹。无奈，朋友对此茫然无知，先祖遗迹无从探访。

依朋友安排，次日前往濂溪故里，探寻理学渊源。汽车西行约十公里，来到道山脚下，楼田村旁。绿色原野，一马平川；濂溪澄碧，绕村而过；道山突兀而起，豸岭、龙山东西并峙，双峰呼应。百余户人家，鳞次栉比，依山而居。村东豸岭之下，濂溪祠堂之内，供奉着理学鼻祖周敦颐的画像。两厢墙壁上，镶嵌着"太极图"和《爱莲说》。村西龙山脚下，有古井一方，井中泉水清冷晶莹，终年不溢不涸，名曰"圣泉"。泉边众多摩崖石刻，为历代周氏子孙所留记，至今依然清晰可辨。周氏家族，兴学重教，历朝历代，英才辈出。据方家考证，近代大文豪鲁迅（周树人）和共和国开国总理周恩来均为濂溪后裔，祖籍道州。

绕过村尾，登上龙山，山腰处有一天然洞穴，名曰"道岩"。置身洞口，凉风习习，阴森逼人。探视洞穴，漆黑无光，深邃莫测。导游开启铁门，点亮电灯，洞内顿时晶莹剔透，流光溢彩。洞穴如巨龙盘绕，始则左冲右突，横贯山体，继而腾空飞升，直插山顶。洞内悬崖峭壁，钟乳陈列，各种造型，栩栩如生。端坐者，如老僧面壁；蹲伏者，如金蟾拜月；腾跃者，如大鹏展翅；飘逸者，如仙子凌波。仿佛仙宫锦瑟，抚之如磬；璨若珠玉映辉，触之温润。秀山伴丽水，道岩育圣贤。天地神造化，匪夷何所思。

圣山道岩虽然神奇，却无法免祛人间灾祸。民国三十三年秋冬，日军发动"豫湘桂战役"，道县两度陷入敌手。沦陷期间，日寇先后在道县制造了"新车村惨案""万家庄惨案""小河边惨案"和"楼田惨案"。其中，"楼田惨案"就发生在这濂溪故里圣山道岩。那年农历十一月初三，日寇进村抢掠，村民纷纷躲进道岩。日寇发现村民藏身之所，便将柴草和辣椒堆放洞口焚烧，并用风车向洞内鼓风，结果500多人被烟熏窒息而亡。现在，这里被辟为爱国主义教育基地，以警示后代，永志不忘。

告别濂溪故里，继续西行十余公里，便来到了主峰海拔2 009米的都庞岭东麓。拔地而起的群峰之中，似有一轮明月悬挂其间。这便是被徐霞客誉为"永南洞目第一"的月岩。岩在山间，自西向东，穿山而过，形成三洞，洞洞相连，各呈月形。甫至洞口，仿佛进入古城之门，苍穹半掩，新月在天。移步入洞，举目而望，天空如船，月呈上弦。人随月动，月随人移，至于洞心，终成满月。洞中含月，月因洞形，人动月移，奇妙神秘，引人遐思。据说，当年濂溪周先生就是在此面壁，体悟动静相依、盈亏嬗变、天人感应之奥妙，终于发明了太极图。历代名人雅士在此游览，感物兴怀，刻石纪游，留下星星点点。不过，随着时光流逝，他们的印迹早已湮没在历史的风尘之中，唯有那周而复始的"明月"依然高悬中天，掩映群山。

道县山水秀，招引圣贤居。圣贤居何处，舂陵古道边。翌日清晨，友人陪我沿高低起伏的青石古道，寻访先贤遗迹。潇水之滨，古城墙之上，"寇公楼"傲然而立。寇准乃北宋名相，因奸臣构陷，于天禧四年（1020年）贬道州司马。州人敬而怜之，筑斯楼以为纪念。风雨一楼千秋在，潇湘二水万古流。惜乎蓬蒿封道，锈锁把门，雕梁斑驳，游人罕至。寇公楼尚且如此，其他古迹如古城墙、文昌阁、古戏台等，更是日渐式微、衰败不堪。由此，深感地方经济之乏力，文物保护之任重道远。

先祖遗迹湮没，游子怅然东返。道县耆宿、政协委员何家壬老先生悉其情，惠书示我。南宋淳祐年间，州人建"蔡西山祠"于老城十字街口，以为永久纪念。此地乃今道县第一中学校门所在之处。故物虽去，遗址犹存。竖子无知，近在咫尺，失之交臂，岂不痛哉！何老先生又将清光绪年间《道县志》有关"蔡西山祠"资料见赠，如获至宝，终于不虚此行。惜乎，道县之游！快哉，道县之游！

道县一本书，慰我千年梦！

（原载《羊城晚报》，2005 年 2 月 28 日）

西山先生镇鬼记

闽北建阳县崇泰里（今莒口镇）东山村，有两座大山，东西相峙，间六里。

西边的一座名西山，高633.9米，逶迤数十里，四周石壁陡峭，山顶平旷，土地肥沃，气势磅礴。西山之所以声名远播，是因为南宋著名理学家、律吕学家和堪舆学家蔡元定曾筑室山绝顶，忍饥啖荠，刻苦读书，穷究天理，世称西山先生。人以山名，山以人名。于是，西山先生蔡元定，名满天下，道贯古今。

东边的一座叫云谷山，高999.3米，终年云雾缭绕，气象森严，神秘莫测。南宋孝宗乾道六年（1170年），朱熹母祝夫人病逝，由精通堪舆之学的蔡元定择地葬于云谷山下之寒泉寺。从此，朱熹自崇安县五夫里（今武夷山市五夫镇）迁居建阳县崇泰里，为母庐墓守孝，遂家焉。其间，朱子因爱云谷之幽邃，遂结庐于此，名曰"晦庵"。

朱熹在云谷筑草堂著书立说，蔡元定也在西山书斋设"疑难堂"做学问。两位硕学鸿儒面山而居，时相切磋，结下了深厚友谊，留下了美丽传说。两山相对，夜间悬灯为号，传递信息。灯明表示各无疑问，灯暗则表示在学术上遇到了疑难问题，第二天便相会切磋讨论。西山的西边有座厝桥，叫"化门桥"。西山的东边也有一座厝桥，叫"龙门桥"。因西山先生家在麻沙，自西向东经化门桥，攀悬崖峭壁，达西山绝顶。学问若有疑难，辄东向下山，过龙门桥，到达云谷，与晦庵先生辨析疑难。西山先生每次来访，朱熹必留他数日，问辩解难，对榻讲论，有时通宵达旦。天长日久，朱蔡往来论学俨然成为当地一道亮丽的风景。至今当地民谚有云："西山先生'化门进，龙门出，日在西山，夜在云谷'。"两座名山，两位名人，相互砥砺，穷究天理，遂留下千古佳话。

话说蔡元定筑室西山绝顶，远离尘嚣，刻苦读书。与青山绿水为伴，共日月星辰齐辉，逍遥自在。西山先生曾赋诗自咏其情其景。诗云："独抱韦编过客稀，箪瓢不厌屡空时。幽然自与庖羲近，春去人间总不知。"又曰："数椽茅屋环流水，布被藜羹饱暖余。不向利中生计较，肯于名上着功夫。窗前野马闲来往，天霁浮云自卷舒。穷达始知皆是命，不妨随分老樵渔。"就是在钟灵毓秀的西山这清静闲适的环境中，先生遍览天文、地理、术数、礼乐、兵制之书，穷天地之思，达到了洁净精微的学术境界。

不过，在这人迹罕至的地方，其艰难困苦可想而知。山中时有虎豹出没，夜深人静之时，山鬼亦来骚扰。起初，山鬼在窗外游荡，欲吓唬西山先生。先生专心致志于学问，不以为意。继而，山鬼将鲜红的舌头伸进窗内，在书桌上来回搅动。当此之际，西山先生正手握朱笔，在全神贯注地修改文章，遂顺手在山鬼舌头上写了一个"山"字。意思是说，你是个山鬼，我已知之，赶快离开，不要再胡闹了。谁知，由于西山先生饱读圣贤之书，心中正气沛然，笔含千钧之力。一字既出，山鬼受之，猛若电击，痛得满山乱窜，通宵哀号。第二天晚上，山鬼又来到窗前，表示悔过，请求西山先生解除符咒。西山先生微笑道，那你把舌头再伸进来吧。待山鬼伸进舌头，西山先生挥动朱笔，又在上面写了一个"山"字。两"山"相加，组成一个"出"字，意思是叫山鬼逃出山去，勿再骚扰。于是，山鬼如释重负，叩头谢恩，悄然隐退，再也不来捣乱。

山鬼何来？一字何以能够镇之？显然，这是后人虚构的一个神话故事。但是，它确确实实在当地流传，而且历久不衰。这说明，饱读圣贤之书，穷究万物之理，养育浩然之气，可以惊天地、泣鬼神、继绝学、开太平。此谓之圣贤，此谓之不朽，此谓之理学高峰。

西山巍巍兮，清潭一曲；云谷森森兮，白云千重；精神永存兮，过者其肃。

（原载《南方日报》，2006年4月1日）

更约九垓游

——朱熹、 蔡元定风云际会

"万壑争流处，千年树石幽。危亭因我作，胜日为君留。酒笑红裙醉，诗惭杂珮酬。尚嫌心境窄，更约九垓游。"南宋乾道年间，著名理学家朱熹为奉和挚友蔡元定写下了这首意境清逸、脍炙人口的诗篇。

蔡元定（1135—1198 年），字季通，世称西山先生，福建建阳人，南宋著名理学家、律吕学家、堪舆学家，朱熹理学主要创建者之一。朱、蔡生长同邑，年龄相仿，政见一致，学术同趣，互为师友，终身相交相知，成就千古佳话。

宋高宗绍兴二十九年乙卯（1159 年），朱熹回五夫里省亲。元定"闻朱熹名，往师之。熹扣其学，大惊曰：'此吾老友也，不当在弟子列。'"在此后长达四十年的交往中，蔡元定成为朱熹学问的重要讲论者、启发者、著述者和修订者。综观他对朱熹理学之贡献，要者有三：

一曰：因数明理，相得益彰。中国传统思想虽然学派纷纭，但均源于对《易经》之推演。在此推演过程中，历来有义理易学和象数易学之分。正统儒家思想在宋代之所以能够别开生面，形成程朱理学，主要是因为两宋学者在辨析义理的前提下，又辅之以象数之推演。北宋邵雍因数明理，辅翼周程理学肇其端。南宋蔡元定因数明理，导致朱熹理学总其成。建阳蔡氏，家学深厚，广受推崇。朱子尝言，西山先生之父牧堂公蔡发"于易象天文地理三式之说，无所不通，而皆能订其得失。……季通乃能承厥志，尤邃律历，讨论定著，遂成一家之言，使千古之误，旷然一新。"蔡元定将全部聪明才智和毕生心血贡献于朱熹理学之创建，使之成为超越千古的思想高峰。对于蔡元定的特殊贡献，后世学者黄宗羲有如下中肯之评价："孔孟教人，言理不言数，然天地之间，有理必有数，二者未尝相离，河图、洛书与危微精一之语并传。邵、蔡二子欲发诸子之所未发，而使理与数粲然于天地之间，其功亦不细矣。"

二曰：伴随左右，砥砺人生。蔡元定常侍朱熹左右，协助他安葬母亲，营建书院，辩难解惑，教授生徒，成为朱熹的得力助手与知心挚友。此种师友兼具的亲密关系，不仅使他深受朱熹教诲，还使他能够深刻地影响着朱熹的思想与生活轨迹。乾道六年庚寅（1170年），朱母祝夫人病逝，蔡元定择地建阳县崇泰里天湖之阳寒泉寺葬其母，并协助朱熹修筑寒泉精舍和云谷"晦庵"草堂。自此，朱熹将讲学与著述中心逐渐由崇安县五夫里迁至建阳县崇泰里。为了照顾朱熹的生活，蔡元定亦举家自麻沙镇迁居崇泰里后山村，于是，师友二人朝夕相处，讲学论道，学问精进。淳熙三年丙申（1176年）春夏之际，蔡元定陪同朱熹前往祖籍地婺源扫墓。朱氏三代客居闽北，留恋故里，几欲不返。幸赖元定力劝，始得返闽。设若朱氏留居祖籍，离开闽学群体，其学术路径，必为另外一番景况。依此而言，蔡氏劝导之力于朱熹理学之形成与发扬光大功莫大焉。

绍熙五年甲寅（1194年），寿皇孝宗崩，痴皇光宗不举国丧。知枢密院事赵汝愚奉太皇太后吴氏旨，立太子赵扩为帝，是谓宁宗。宁宗任赵汝愚为右丞相，召朱熹为焕章阁待制兼侍讲，朝野气象为之一新。然而风云诡谲，政局难料，蔡元定对此始终保持着清醒的头脑。他不仅谢绝了右丞相赵汝愚的推荐，更规劝朱熹"偶自爱，以膺重任，使天下咸仰清光、被厚泽"。果不其然，昙花一现的庆元新政很快因为宁宗的乖戾和韩侂胄的跋扈而收场，赵汝愚客死贬途，朱熹罢归建阳。在严峻的形势下，蔡元定心系师长安危，协助朱熹扩建沧州精舍，劝阻朱熹上万言书辩诬，避免了更大的灾难。晚年朱子饱受政治迫害，又遭逢丧子之痛，境况甚为悲惨。在此困境之中，朱子尚能潜心学问并焕发异彩，乃其圣心宏达之所至，也与蔡元定等友生悉心体贴关系极大。

三曰：参与著述，共创辉煌。时语有云"……思想是集体智慧的结晶"。往事越千年，事理亦同。作为一个庞大、复杂而精深的思想体系，朱熹理学同样属于星光灿烂的闽学群体集体智慧之结晶。其中，被誉为"紫阳羽翼，闽学干城"的蔡元定作为朱熹主要著作的讲论者、撰写者和修订者，更是功不可没。《宋史·蔡元定传》载："熹疏释四书及为《易》《诗》《传》《通鉴纲目》，皆与元定往复参订；《启蒙》一书，则嘱元定起稿。"其平生学问，多寓于朱熹书集之中。《朱子全书》的开篇之作《周易本义》就是经由和蔡元定反复商量、修订完成的。至于《易学启蒙》一书，则是由元定起草、朱熹润色完成的。朱熹其他重要著作如《近思录》《太极图说解》《西铭解》《资治通鉴纲目》（东汉及其以前部分）、《周易参同契考异》《阴符经注》等均由蔡元定协助撰写和修订。直至逝世前，他仍将有关"楚辞注释""邵氏历法"，《诗》《易》等"纂述未全者呈上（朱熹），（乞）先生以成之"。最权威的见证出自朱蔡门人翁易的记载："晦庵疏释《四书》，因先生论辩有所启发者非一：如'观过知仁'章则曰，若执观太重则专，有心观过无复操存涵养之功；论'知二知十'之章则曰，一者数之始，十者数之终，二者一之对也；论'费隐之义'则曰，费用之广也，隐体之微也，以体用分费隐甚合书旨；论'已发未发'之旨，以为人自婴儿至老，虽语默动静之不同，然大体莫非已发。先生不以为是，谓喜怒哀乐未发之时，要涵养一节功夫，惟程子敬而无失，则谓之中和。二年，晦庵复与先生辩论，始悟其说而悉反之，由是益奇先生。……此易在左右亲见其书往来答问者也，故特记之详焉。其所不见者殆难以备述也。晦庵有功于斯道，以用力于《六经》《语》《孟》《学》《庸》之书，先生与之讨论讲贯并驰其功焉。"正是由于蔡元定等闽学精英的集体智慧，才使得朱熹理学达到了中国思想史的新高峰。

对于蔡元定的卓越贡献，朱熹给予高度评价。生前，朱熹赋诗将他与著名学者张栻相提并论。诗云："风月平生意，江湖自在身。年华供转徙，眼界得清新。试问西山雨，何如湘水春？悠然一长啸，绝妙两无伦。"庆元二年丙辰（1196 年），朱、蔡同罹党祸，蔡元定以处士之身谪贬道州，庆元四年病逝贬所。临终，他致书先生，深以师道不立为忧。噩耗传来，朱熹若折左肱而失右臂，痛彻心扉，仰天长号："天何夺吾季通之速耶？"又三撰诔文，深致其哀。

文曰："呜呼！季通而至此耶！精诣之识，卓绝之才，不可屈之志，不可穷之辩，不可复得而见矣。……并游之好，同志之乐，已矣已矣，哀哉哀哉！"越二年，苍老的朱熹亦抑郁而终。

天地之间，两个精诣卓绝之才含冤而逝。"尚嫌心境窄，更约九垓游。"朱、蔡风云际会，以其人格，以其才华，以其友谊，以其思想，闪耀当世，超越时空，流传千古。

（原载《南方日报》，2006 年 6 月 11 日）

访印纪絮

印度者，文明古国，佛教故乡，吾国之近邻也。近世中印交往不畅，民间往来稀少，相互之间信息阻隔，云遮雾绕，神秘莫测。

甲申岁末，余侍校长刘公访问印度尼赫鲁大学，所见所闻，新鲜称奇，纪絮于后，或可助人窥斑见豹焉。

飞机从香港起飞，经广东、广西、云南，出缅甸，过孟加拉，直指印度首都新德里。机翼之下，青翠的山峦与灰褐色的丘陵逐次隐退。进入印度领域，风光迥异：恒河自西北向东南，舒展而来；巨大的河床，铺陈着银色的沙滩；大河两岸，地势平坦，沃野千里，屋宇密布，炊烟袅袅。好一派繁盛景象！

当地时间下午两点钟，飞机抵达新德里国际机场。机场面积宏阔，设施陈旧，入关手续慢条斯理，耗费许多时光。好在尼赫鲁大学早已派人迎候，使我们避免了许多尴尬。

尼赫鲁大学是印度中央政府管辖的十七所重点大学之一，位于新德里市西南郊，占地约五平方公里。校园内丛林覆盖，房舍点缀，花香四溢，鸟语时闻，空气清新，令人神爽。该校全日制学生约五千人，其中硕士和博士研究生近四千人，是名副其实的研究型大学。依主人安排，我们先后参观了该校生命科学学院和图书馆。生命科学学院是全印度生命科学研究的重镇之一，特别是在杂交水稻研究方面曾领先于世。图书馆藏书尚属丰富，但采编方法过于传统。所使用的仍然是老式打字机，敲一下键盘，蹦出一个字符，再敲一下键盘，再蹦出一个字符。显然，由于政府经费投入不足，教育发展受到限制。

据介绍，印度每年国内生产总值相当于中国的二分之一。由于其军费开支庞大，政府对于民生之改善与教育之发展，往往力不从心。就大学教师薪酬而言，教授每月五百至七百美元，副教授以下二百至五百美元不等。此等待遇仅相当于中国大学教师月收入的二分之一甚或三分之一。不过，在印度，大学教师已属于高薪阶层，生活相对优裕。至于一般民众，其生活必需品开支占收入的百分之七十以上，其困苦可想而知。改革开放之初，国人常以印度政府对教育的投入为例，反证我国教育经费之不足。短短二十年，弹指一挥间，中国经济强劲发展，人民生活迅速改善。此中变化，身在异国他乡感受尤为深切。

印度首都新德里处处绿树成荫，中心城区街道宽阔整洁，甚或有数百公顷森林地带铺陈于其间。国会广场绿草如茵，连绵数公里，气派非凡。不过，在这座拥有1 600万人口的大都市，很难发现在中国一般城市普遍存在的出租汽车，满街奔跑的都是超载十多人的三轮柴油摩托车。

阿格拉是我们参观的另一座城市。该市位于新德里东南约180公里处，亚穆拉河与昌巴尔河在此交汇，这里有丰富的红色砂石、白色大理石和红蓝宝石。因其交通便利和物产丰富，从16世纪之初，莫卧儿王朝在此立都，其统治延续三个世纪之久。著名的阿格拉城堡和泰姬陵就是当时莫卧儿王朝富庶强盛与统治者穷奢极欲的见证。徘徊在由红色砂石砌成的高大坚固的阿格拉城堡的楼台亭阁之间，流连于嵌满红蓝宝石的精美绝伦的泰姬陵寝宫之内，我们无不为古代印度人民的聪明才智所折服，也为灿烂的印度文明一再遭到外来侵略者的破坏而叹息。

由"皇宫"进入民间，从历史回归现实，则是另一番景况。阿格拉市区街道狭窄，商铺林立，人如蜂拥，热闹非凡。清晨，由新德里往阿格拉，汽车在高等级公路上畅行无阻，如期而至。傍晚返程，人车混杂，交通拥堵，寸步难移。原本三小时的车程，足足耗费了七个钟头。其间，仅穿越新德里市区即花费了三小时有余。本不算宽阔的马路不时出现婚丧队伍，三轮柴油摩托车横穿逆行，有框无门的公共汽车随时随地停靠，听任乘客自由上下。整个街道变成了人车混流的大旋涡，人与车只能在旋涡中随波逐流。尤为称奇者，在此境况之中，居然不时有三两头黄牛闲庭信步，在大街上悠游。印度法律规定，牛在街上行走或席卧，任何人不得驱赶或伤害，即使是警察亦无能为力。于是同伴戏言，此乃"神牛"，印度牛真"牛"！

与这种拥挤而缓慢的生活状态相适应，印度人似乎天生具有悠闲自在与宽厚忍让的性格。在新德里和阿格拉，我们不时发现一些富丽堂皇的别墅，那是财富和地位的象征。然而，与此形成鲜明对比的更多的是仅能临时遮风避雨的简陋房舍，那是穷人与难民的居所。在这个人口众多、贫富悬殊、等级森严的国度，各阶层人民能够和睦相处，互不侵扰，不失为一大奇迹。这个奇迹的出现，在很大程度上应归因于印度宗教无处不在的影响力。

印度是佛教的故乡，但是，今日之印度已很难发现佛教的踪影。这里既没有壮丽辉煌的佛教庙宇，也看不见打坐诵经的和尚尼姑。古代印度，佛教曾因统治者的推崇而获得崇高地位。但是，它从来没有成为全印度占统治地位的宗教。古代印度最古老、最主要的宗教是婆罗门教。经过长期发展，婆罗门教吸收了佛教、耆那教和其他宗教的精华，于公元 8 世纪前后演化为印度教。从那以后，佛教逐渐式微，以至于完全融入印度教。与此同时，在东亚和东南亚，例如中国、日本、韩国和泰国，佛教却焕发出强大的生命力，至今信众无数，昌盛不衰。这种现象耐人寻味，发人深思。

印度教虽然改造了婆罗门教，但是婆罗门教主要的教义和礼仪却被完整保留下来。例如，严格的种姓制度，盛大的祭祀仪式，不杀生的戒规，以及安于现状、忍受今生、追求来世的价值取向等。可以说，婆罗门教的教义与礼仪至今仍然弥漫在南亚次大陆这片广袤而神秘的土地上，仍然全面而深刻地影响着印度人的生活。宗教既是一种信仰，又是一种生活方式，这或许是理解印度社会现实生活的一把钥匙。

（原载《羊城晚报》，2005 年 8 月 18 日）

访学澳洲东复西

二〇〇五年，故国秋已深，澳洲春正浓。暨南大学院长代表团赴澳考察，吾有幸参与其间。自北向南，由东而西，行程两万里，访学四五家。所见所闻所感良多，兹不揣浅陋，命笔作文以纪之。

九月二十七日，代表团从香港乘飞机直飞澳大利亚东海岸中部城市布里斯班（Brisbane），其地为昆士兰州（Queensland State）之首府。盖因该州多旱少雨，故有"阳光之州"之别称。令人称奇的是，代表团到达之时，正逢该地大雨倾盆。当地友人满心欣喜，认为是我们带来了好运。布里斯班之南八十公里处，有著名的"黄金海岸"（Gold Coast）。这里碧海蓝天，海滩平阔，沙细如粉，皎洁如银。代表团在这里逗留十天，主要考察了澳大利亚昆士兰州之格林菲斯大学（Griffith University）。之后，我们乘飞机南向飞行约 2 小时，便来到全澳最大和最繁华的城市——悉尼。在悉尼我们停留三天，主要考察新南威尔士州（New South Wales State）之悉尼大学（The University of Sydney）与新南威尔士大学（University of New South Wales）。此后，我们乘汽车向西南行驶 4 个小时，抵达澳大利亚首都堪培拉。这是一座人为规划之城，也是一座政治妥协之城，始建于 1911 年。当时，新南威尔士州首府悉尼与维多利亚州首府墨尔本都欲成为国家的首都，争执不下。结果，双方相互妥协，决定在两州交界处另建一城，作为首都，这就是堪培拉市的由来。一百多年过去了，这里仍然是一派田园风光，只有在国会山附近有些建筑物。宽阔的马路上人车稀少，特别是晚上，更是人迹罕见，真是冷清啊。在堪培拉逗留一天，次日清晨我们乘飞机向南飞行约八百公里，到达南澳州大都市墨尔本（Melbourne）。这里高楼林立，街道宽阔，市面繁荣，绿树掩映，花木繁盛，是名副其实的"花园之州"。在那里我们住宿三晚，主要考察维多利亚州（Victoria）之蒙纳斯大学（Monash University）。然后继续乘机向西北飞行 4 小时，航程 2 400 公里，抵达西澳州首府珀斯（Perth）。珀斯也是一座小城，中心城区也只有数栋高楼，周边是湛蓝的大海和一望无际的别墅住宅区。在这里，代表团主要考察了西澳州（West Australia State）之科廷理工大学（Curtin University of Technology）。

　　结束在珀斯的考察之后，我们乘飞机从珀斯起飞，一直向北飞行，穿越广袤的澳洲红土地，穿越浩瀚的印度洋和太平洋，进入南中国海。经过 8 小时飞行，飞机在十月十八日晚上八时抵达香港机场。高楼林立，华灯璀璨，东方之珠夜色迷人，愉悦之情油然而生。车过皇岗口岸，进深圳，经东莞，入广州，一路流光溢彩、高歌猛进，令人振奋。夜深沉而人不寐，中国正在蓬勃发展。发展中的中国或许面临许多困难，但中国毕竟与澳洲不同。

　　访澳期间，作诗三首，兹录于后，以为纪念。

一

神风伴我万里行，阳光之洲降甘霖。
黄金海岸中秋夜，格林菲斯故园情。

二

云垂星稀夜苍茫，倒海翻江卷巨澜。
四人同心欲何往，亦真亦幻亦超然。

三

春花秋月共时宜，访学澳洲东复西。
教育产业国际化，更有高标创新奇。

（原载《新闻细语》，南方日报出版社2007年版）

难忘加州树与花

兴稼学书，醉心于中土，亦逍遥乎外邦。二〇〇九年新春之际，余偕夫人始为美国之游。此次访美，既为应邀赴俄亥俄州立阿克朗大学讲学，又为与求学于加州大学圣克鲁兹分校之爱女文逸团聚。此可谓公私兼顾，两全其美，其乐融融者也。其间，乘飞机飞越美国领空之东、南、西、北，驱车驰骋西部大地之都市荒原。于冰雪封冻之中，感受到俄州友人之热情好客；于繁盛宏阔之处，见识了亚特兰大空港枢纽之高速有序；于古朴蛮荒之地，体验了科罗拉多大峡谷之雄浑壮丽；于茫茫戈壁之原，领略了死亡谷之静寂与拉斯维加斯之奢华。然而，最令人难以忘怀者，当属那加州小城圣克鲁兹之树与花。

美国西海岸中部，以三藩市为中心，圣佛朗西斯科海湾南北相向蜿蜒伸展，铺陈出美丽富饶的大海湾地区。此地气候温润，土壤肥沃，物产丰盈，生齿繁众，文教昌盛，高新科技引领全球。加州名城、旅游胜地圣克鲁兹坐落于大海湾地区的最南端。

小城依山面海，树木葱茏，花草繁盛，房舍典雅，恍若仙境。小城中部是一片开阔的山冈，名曰高地。此地也，居高而不傲群，繁华而不喧闹，青山碧海，尽收眼底。一栋栋别墅精巧雅致，如星罗棋布；一条条马路平坦整洁，如丝带飘绕；一排排红松威武夹道，苍翠的树冠直指白云蓝天；一片片花圃铺绿吐艳，依偎着房前舍后；一团团绚丽多姿的花卉笑闹于树间，含羞于草丛，跳跃于路边，怒放于春天的漫山遍野。

那状如芙蓉、挂满枝头、灿若云霞的是玉兰花。红的，白的，紫的，黄的，日与朝霞斗艳，夜与皓月争辉。亲而近之，使人愉悦，使人爱怜，使人陶醉，使人乐而忘忧。在古老的教堂周边，那成行成片粉红泛白的是樱花。远而望之，红绡紫雾，仿佛太阳升朝霞；迫而察之，掩口含羞，恰似仙子笑春风。樱花本属日本国花，第二次世界大战后，日本政府为化敌为友赠送樱花树种于美国，美国政府在华府试种成功，逐步推广。每到春天，不仅华府成为樱花的海洋，其他地方亦能睹其芳容。那雅致素净、媚态自生的樱花自然成为和平之花、友谊之花，乃至日本商品畅销无阻的广告之花。花之魅力如此，真乃匪夷所思。那头戴凤冠、身材修长、展翅欲飞的是火烈鸟花。这种花因其寓意爱情之纯洁与忠贞，往往被人们种植于房前屋后而备受呵护。但见丛丛绿叶簇拥之中，其花茎傲然挺拔，亭亭玉立，恰似仙鹤擢轻躯；其花冠状若鸟喙，鹅黄之中吐红蕊，仿佛雏凤试清歌；其花枝迎风招展，抖擞精神，犹如丹凤展翅而未翔。

山清水秀，花木繁盛，自然是野生动物之乐园。茫茫大海之滨，蓝天白云之下，一群群海鸥或高飞，或低翔，有如白色的精灵，欢庆那蓝天明净与碧海安澜。湛蓝的海水之中，厚实的木栈之旁，体形硕大圆浑的海豹，或三五成群悠游飘荡，或相拥酣睡自得其乐，任凭游人投去欣羡的目光。高地小区西部，有一面积颇大的人工湖，名曰西湖。西湖四周枫林夹道，中央草坪嫩绿如茵，静谧的湖水休憩于丹枫绿草之间。阵阵微风吹过，湖面荡起层层涟漪。一群野鸭时而游弋于湖水之中，时而觅食于草坪之上，时而盘旋于丛林之间。于是，天地得以呼应，山水得以掩映，人禽得以和睦相处。

西湖向西，地势陡然爬升，树木逐渐森严，飞禽走兽出没更加频密。那峰峦叠嶂、古树参天处，便是加州大学圣克鲁兹分校之所在。大凡名校，必以其独特优势彰显于世。牛津、剑桥之悠久历史，哈佛、耶鲁之典雅建筑，斯坦福之广袤校园与精湛收藏，均为世人津津乐道。若夫加州大学圣克鲁兹分校，则显然以其环境优美而著称。此地踞高山而面大海，依岭壑而布校舍，花山树海，人隐其中，享天趣而究物理，真乃人间仙境、学术胜地。漫步林荫大道，有牛羊与之为伍，有松鼠与之相伴，有山鹰为之歌唱，一不留神或许闯进了野鹿的领地。这些天性机警的生灵对于不速之客的光临并不特别介意。它们瞪瞪眼，刨刨腿，喷喷鼻，依旧我行我素，自得其乐。保护野生动物的牌匾随处可见，然而这并不引人关注，因为那早已化为人们的常识。设若路旁偶尔出现一块告示，此处有猛兽出没，那必定使人警觉而振奋精神。

环境如此优美，人居其间，自然平和友善。小城居民不多，而且均以车代步，平时难以谋面。不过，每天清晨或傍晚，也能见到不少跑步、远足或遛狗的人们。如果你目不斜视或低头沉思，自然无人打扰。如果你举目平视或左顾右盼，人们则会主动向你致意，并愿意提供帮助。东方之曳甫至，聊发少年之狂，驱车闹市而迷其归途。于是求助路人，有多位热心人相助，指点迷津。更有中年男子驱车导引，遂得以归。小镇居民热衷助人为乐，于此可见一斑。在美驾车，虽偶遇轻狂之徒，但绝大多数司机均能遵章守法，互相礼让。通街大衢照例设有交通信号灯，红停绿开，秩序井然。即使阡陌路津，亦设停车红点，无论白天黑夜，不管有无人车，人们驾驶至此，必停车三秒而后行。若数车俱至，则先到先行，后来后开，礼让彬彬。如若人车相遇，绝对车停人行，行人优先。如此这般，既体现人文之优雅，又彰显法制之威严，令人崇敬，值得效仿。

处此环境之中，兴稼耳濡目染，不能无所动心。学书之余，聊成此篇。时维公元两千零九年三月一日九点，地处加州圣克鲁兹山地公寓。当此之际，旭日东升，海天澄碧，面向大海，春暖花开。由是，心宁意静，荣观燕处，安平泰然。

（原载《东江时报》，2009 年 10 月 13 日）

第八辑

著述序跋录

《中国国民党党报历史研究》 序言

在中国近现代政治舞台上，中国国民党扮演过重要角色。为了宣传自己的理论和政策，中国国民党创办过大量的党报。无疑，这些党报属于中国新闻事业史研究的范畴。但是，长期以来，由于种种原因，这一研究领域被严重地忽视了。中共十一届三中全会以后，这种状况有了很大改变，中国国民党党报史料被陆续整理出版，有关研究论文时有所见。不过，这方面系统的研究成果尚付阙如。

有鉴于此，蔡铭泽同志 1990 年进入中国人民大学新闻学院随我研习中国新闻史之初，即确定以中国国民党党报研究作为博士学位论文题目。寒来暑往，作者穷三年时光在北京、上海、南京、长沙等地收集了大量的第一手资料。通过博士学位论文答辩后，作者对书稿又反复增补和删节，使之更臻完善。呈现在读者面前的《中国国民党党报历史研究》（1927—1949 年），是作者数年心血之作，也是一部弥补中国新闻史研究空白的力作。

综观全书，我以为以下三个特点是比较明显的：第一，实事求是，作者坚持按照历史的本来面目具体评述中国国民党党报的历史地位和作用，既旗帜鲜明地揭露和批评中国国民党党报维护中国国民党专制独裁的本质及反共反人民的各种表现，又具体地肯定了其在特定条件下所作的某些积极宣传和改革。这种实事求是的态度增强了本书的科学性。第二，资料翔实。作者非常重视第一手资料的运用，书中所征引的大量材料均来自报刊原件和档案资料，许多资料属首次披露。在大量确凿的论据下引出的结论，自然具有说服力。第三，论述精当。作者遵循历史线索，以政治事件为主，全面展开，重点剖析，采用定性分析、定量分析和比较分析等方法，达到了系统、全面、重点突出、关键部分深入的研究效果。另外，作者十分注意调查统计材料和数据的运用，全书列有调查表9种，有关报纸的数据多达数百处。这样就避免了同类研究中往往空疏笼统的弊病。

正是由于既占有大量第一手资料，又运用科学的研究方法，作者对有关中国国民党党报的一系列重大问题均提出了独到新颖的见解。如对中国国民党文化专制主义的分析，对20世纪30年代舆论环境和中国国民党党报特色的分析，对十年内战时期《中央日报》宣传方针、宣传策略及其效果的分析，对抗战时期的中国国民党党报人爱国热情和艰苦创业精神的分析，对中国国民党党报企业化管理的分析等，均为人所未言。所嫌不足的是，书中对中国国民党党报"面"上的概括还不完全，除《中央日报》外，其他类型的国民党党报的研究还不够充分。这是需要新闻史学界特别是本书作者继续努力的。

铭泽同志出生于贫苦农家，自幼养成吃苦耐劳、坚忍不拔的精神。在京五年，随我研习中国新闻史，更见其为人朴实诚恳、治学刻苦严谨。1994年底，他调入广州师范学院新闻传播系，继续从事新闻教学和科研工作。广东是改革开放的前沿阵地，是中国近代报刊的发源地，也是当代中国新闻事业最发达的地区之一。在那里从事新闻教育和科研工作，是可以大有作为的。作为导师，我衷心希望铭泽同志继续努力，不断地作出新成绩。

方汉奇

1996 年 6 月于北京林园

（注：方汉奇，中国人民大学新闻学院教授，博士生导师，中国新闻史学会会长，国务院学位委员会新闻传播学科评议组组长）

蓟北枫丹九度秋

蓟北枫丹，江南草绿，寒来暑往，九易春秋。1990年10月，作者别离潇湘，负笈北上，入中国人民大学新闻学院师从方汉奇教授，攻读博士学位，研习中国新闻事业史。呈献于读者面前的这本习作，便是在作者博士学位论文基础上修改而成的。

选择把中国国民党党报作为研究对象，所遇到的困难颇多。具体说来，主要有以下几个方面：第一，研究对象繁复。中国国民党党报是一个庞大的报业体系，其数量之多，时间之长，结构之复杂，显然不是一人之力，数载之功，一篇博士学位论文所能穷尽其研究任务的。故此，我把研究时限界定在1927年至1949年之间，即中国国民党执掌全国政权期间。第二，资料汇集艰辛。研究中国国民党党报，必须占有大量且详细的第一手资料。为此，我在北京图书馆穷一年时光，查阅了大量原始报刊，并先后到南京、上海、长沙等地查阅了有关档案资料。看微缩胶卷，这不是一件轻松的事，头昏眼花，口鼻流血。其中苦乐，如鱼饮水，冷暖自知。第三，经费不足。由于没有经费支持，资料不能大量复制，只能靠手工摘抄。就是靠这种原始方法，我抄录了整整三大本、约一百万字资料。作者不敏，本书写作，确实花费了不少心血。朝于斯，夕于斯，战战兢兢，如履薄冰，如临深渊。这种学习态度是作者聊以自慰的。

所幸者，我得到了众多良师益友的鼓励和帮助。在此，我深深感谢我的导师，国务院学位委员会新闻传播学学科评议组组长、博士生导师、中国人民大学新闻学院教授方汉奇先生。从本书选题，提纲拟定，到资料的汇集整理，初稿审阅和最后定稿，先生倾注了大量心血。且先生为人达观，治学严谨，耳濡目染，更使我终身受益。

我也深深感谢我的妻子李伊。多年来，我在北京求学，她独持家务，教养小女文逸，茹苦含辛，任劳任怨。没有她的理解和支持，我将难以潜心研习。

我还深深感谢关心我、帮助我的其他师友。他们是：上海师范大学郭绪印教授，复旦大学宁树藩教授、丁淦林教授、姚福申教授，中国人民大学甘惜分教授、童兵教授、彭明教授、林茂生教授，北京大学刘桂生教授，中国社会科学院新闻研究所孙旭培研究员，我的同窗好友杨磊博士、高策博士、胡太春博士、季燕京博士、耿建新博士、徐志宏博士、向松祚博士，以及台湾《自立早报》记者陈威侯小姐。他们或提供资料，赐予教诲；或盘诘辩难，砥砺文思。此外，中国人民大学新闻系资料室张绍宗先生、刘保全先生，北京图书馆报刊部许丽平女士、李银霞女士，南京中国第二历史档案馆万仁元馆长、张克明研究员、朱瑛女士，中国书籍出版社副社长章宏伟先生，也提供了诸多便利。正是由于有了这些帮助，本书才得以顺利完成。

1994年底，应广州师范学院招聘，作者自北京中国人民大学举家南迁，执教南粤。此间，中共广州师范学院党委书记陈运森同志、广州师范学院院长张国扬教授、广州师范学院科研处处长金佩婉女士、广州师范学院新闻传播系应天常副教授，以及中共广东省委宣传部部长于幼军同志，都对本书的出版给予过热忱关怀和帮助。本书获得广东省高等教育厅社会科学出版基金和广州师范学院社会科学出版基金资助。对所有这些帮助或资助，本人铭记在心，由衷感激。

在本书写作过程中，作者参考了台湾新闻史学家曾虚白教授、赖光临教授、李瞻教授的著作，获益匪浅。在此，谨向他们表示敬意。

由于本人才疏学浅，本书不足之处尚多。恳请专家不吝赐教，使之日臻完善。

蔡铭泽

1993 年 6 月于北京中国人民大学

1996 年 6 月修改于广州桂花岗

1997 年 9 月再改于广州桂花岗

（本文为《中国国民党党报历史研究》后记，该书由团结出版社 1998 年 9 月出版）

《中国国民党党报历史研究》再版后记

《中国国民党党报历史研究》（1927—1949 年）是作者的博士学位论文，写作于 1990 年至 1993 年之间。因研究对象敏感，经呈报中共中央宣传部和国家新闻出版总署审核批准，1998 年 8 月由北京团结出版社出版。在此过程中，时任中国书籍出版社副社长的章宏伟先生、人民日报资深记者王武录先生和人民日报副总编谢宏先生曾给予热情的帮助和引导。作为一本学术著作，经过严格审核面世，实属不易。盖因出版社热衷于畅销书之经营，致使本书发行不广，影响受限。但是，毕竟因其题材重大，且耗费作者近十年心血，本书之价值始终为学界所认可。

现在，团结出版社决定将本书再版重印，台湾花木兰文化出版社亦有意将本书以中文繁体字形式重新出版。于是，本书或可在祖国大陆与台湾同时获得新生，流布海内外。机缘难得，二十年心愿一朝了却，作者唯有认真修订，精益求精，以期不负平生、不负本书、不负天下厚望于我之师友。

随着电脑技术不断提升，本书初稿之"软盘"早已无法复制。为静候佳缘，数年前我即请研究生陈敏、王丽、周占辉、张玉敏等同学将书稿重新录入。此次修订即以他们录入的电子版为基础。大量的历史事件、历史人物、资料注释、数据图表，乃至遣词造句，均须认真核对，其工作量之繁复，可想而知。检校之下，作者对本书之价值与质量仍无愧于心。然而，文章有佳境，可近不可及。书中错漏之处仍然难免，祈求专家批评指正。

中国国民党和中国共产党是当代中国最重要的政治力量，它们对民族国家及其未来的发展均负有重要使命。历史上，国共两党曾两次互为"敌""友"。现在，为了祖国统一和民族复兴，国共两党再次携手合作，此乃中华民族之大幸。本书再版若能有利于两岸学术交流，则作者深以为荣。有鉴于此，敬录南宋爱国词人辛弃疾《菩萨蛮·书江西造口壁》如下，以与读者诸君共享。其词曰：

郁孤台下清江水，中间多少行人泪？西北望长安，可怜无数山。

青山遮不住，毕竟东流去。江晚正愁余，山深闻鹧鸪。

蔡铭泽
2012年6月修订于广州松泉居

（《中国国民党党报历史研究》由台湾花木兰文化出版社2013年9月再版）

《新闻学概论新编》 后记

书名《新闻学概论新编》，有两层含义。其一，非独创之作，是在参考大量新闻学论著的基础上完成的。中共十一届三中全会以来，我国新闻传播事业全面发展，新闻学研究空前活跃，成果颇为丰硕。甘惜分教授的《新闻理论基础》，成美、童兵教授的《新闻理论教程》，是作者步入新闻学的"启蒙老师"。李良荣教授的《新闻学概论》（修订本）、黄旦先生的《新闻传播学》和李卓钧先生的《新闻理论纲要》，也是重要的参考资料。台湾李瞻教授的《新闻学原理》、郑贞铭教授的《新闻原理》，给作者许多启发。不敢掠美，特此申述并鸣谢。毋庸讳言，由于时代局限，新闻学论著中各有遗珠之憾。例如，联系实际不甚紧密，对海外新闻学成果关注不够，体系尚需完善等。尝试在这方面作些努力，是书名的第二层含义。体系上求其"完整性"，内容上求其"实际性"，视野上求其"外向性"，是本书追求的三点"新意"。有此"三新"，可否称为"新编"？不敢自诩，恳请专家匡正。

本书是个人负责、集体协作的产物。全书纲目和绝大部分内容由本人拟定和撰写，下列同志提供了部分初稿：邱奇志（第三章第三节第一、第二目"传播者怎样传播新闻"，"受众怎样选择、利用和理解新闻"）；李近（第四章第二节第二目"广播电视"，第七章第一节"以正面宣传为主的方针"）；严三九（第七章第二节"舆论监督和新闻批评"）；李法宝（第七章第三节"新闻策划"）。他们的初稿完成后，均由本人详加增削、定稿。本书写作得到了中国人民大学新闻学院博士生导师童兵教授的指导，暨南大学出版社副编审潘雅琴同志为本书的出版付出了艰辛和创造性的劳动，在此一并致谢。

蔡铭泽
1998 年 5 月于广州师范学院新闻传播系

《新闻学概论新编》 再版后记

《新闻学概论新编》于 1998 年 8 月由暨南大学出版社出版，至 2002 年 8 月，先后 4 次印刷，发行 16 000 册。

能够取得这样的发行业绩，得益于近年来我国新闻传播事业的强劲发展以及由此激发的我国新闻教育的旺盛活力。据统计，目前我国高等学校新闻传播院系（含专业）超过 400 家，在校学生超过 70 000 人，如果加上成人教育的学员，新闻传播类专业学生的数量当更加可观。因应时运，本书能为读者所接受，作者深感欣慰。

现在，出版社决定再次重印本书，并嘱我对书稿稍加修订。为保持前后一致，此次修订在体系架构上未做调整，在内容上则做了适当增删。增加的部分主要包括近年来新闻传播事业的新变化和新闻传播学理的新发展，删削的对象主要是业已发现的错误和不甚准确的表述。无论"增"还是"删"，都参考和吸收了国内外新闻传播学研究的成果，也都得到了合作者的帮助。

暨南大学新闻与传播学院支庭荣老师撰写了本书第七章第四节书稿，我的研究生何又华同学对全书进行了认真校对。对他们的支持和帮助，本人深表谢忱。

蔡铭泽
2003 年 12 月于广州暨南园

《新闻传播学》 后记

1997年国务院学位委员会决定在新闻学和传播学的基础上设立新闻传播学一级学科。为适应新闻传播学学科迅速提升的新形势，近年来，国内诸多新闻传播学家进行了广泛的研究，出版了一批新成果。本人不揣冒昧，忝列其中，冀以枝蔓之得求教于专家学者和读者。

本书根据传播学的基本架构，分为"新闻传播要素及其流程"和"新闻传播事业及其基本原则和方法"两大部分，并相应设置八章，目的是求其体系上的完整性。在内容方面，本书参考了国内外新闻学和传播学已有的研究成果，并大量吸收了新闻传播业界的新经验，以期保持内容上的实用性和新鲜感。

本书参考了本人编著的《新闻学概论新编》（暨南大学出版社1998年版），并保留了其中部分内容。原广州师范学院新闻传播系邱奇志、李近、严三九、李法宝等老师曾为《新闻学概论新编》提供部分初稿。暨南大学新闻与传播学院支庭荣老师和学院2002级研究生霍敏同学分别为本书提供了第七章第四节和第四章第四节的初稿。对他们的合作，本人深表谢忱。

本书的出版得到暨南大学出版社潘雅琴副编审的督促和指导，她为此书付出了大量艰辛、细致和创造性的劳动。对她的敬业精神和专业水平，本人表示由衷敬佩。

文章有佳境，可望而不可即。本书虽经作者和编辑的长期努力，缺点错误仍在所难免。衷心希望专家和广大读者批评指正。

蔡铭泽

2003 年 8 月于广州暨南园

《新闻传播学》 再版后记

暨南大学出版社已出版由本人主编的两本新闻传播学教材，一本是《新闻学概论新编》（1998年8月第1版，2004年7月第2版，2006年1月第8次印刷），一本是《新闻传播学》（2003年9月第1版，2005年8月第2次印刷）。两书分别印制28 000册和9 000册，共计37 000册。

根据市场需求，出版社决定再版《新闻传播学》一书，并嘱作者予以修订。为避免内容重叠，作者决定将两书合并，以《新闻传播学》书名行世。在本书较长时间的修订过程中，参撰者真诚协作，暨南大学出版社潘雅琴副编审悉心指导，部分读者专函、专电匡误。设若本书质量有所提升，首先应归功于他们的合作与指导。对此，本人深表感激之情。

时序绵延，品物流形。南下广州，转瞬十有三年。其间，作者先后在广州师范学院和暨南大学任教，并主持过两校新闻院系工作。聚才谋事，教书育人，耗费几多心血。幸赖领导关怀、同仁戮力，两校新闻教育各有所成。广州师范学院新闻传播系规模初具、特色鲜明，暨南大学新闻与传播学院老树新枝、申报博士点成功。此一盛举，了却几代暨南人的心愿，开启华南新闻教育的新局面。事业遂而身不居，车马稀而嘈杂远，心神宁而智慧生。风云际会，岁月如歌，相闻相识相交相知者，不知其几也。因是之故，特将此前两书各版后记收录于后，以为历史之见证，聊表感念之心情。

蔡铭泽
2007 年 10 月于广州暨南园

《新闻传播学》 第三版说明

　　《新闻传播学》第三版是在该书第二版基础上修订而成的。此次修订主要基于两方面考虑：一方面，随着中国民主政治的不断进步，新闻传播理念与时俱进。作为新闻传播学教材，有必要及时关注和反映这方面的进展。另一方面，契合新闻传播教育迅速发展的需要，本书先后3次改版修订，11次印刷，累计发行量达43 000册。有鉴于此，暨南大学将本书纳入研究生教材建设计划，本人亦乐观其成。

　　基于上述考虑，此次修订主要变化有三：其一，将原第四章第一节"传播符号"扩充并独立成章，是为第四章。而原第四章"新闻传播过程"其余部分，则作为第五章，以下依次类推。其二，为反映新闻传播事业发展的新变化，更新了一些重要数据，丰富了一些理论观点。其中，特别重要的有两处：一是在第三章第二节"新闻传播媒介"中增加了第五目，即"媒介融合及其发展趋势"。这部分的资料和初稿是由我的研究生潘成均同学提供的。二是在第八章第四节"新闻精品及其新闻美"中增加了第三目和第四目，即"新闻传情"与"新闻审美意象"。另外，在第二章"新闻"第一节中，将第三目析解为第三、第四两目，即第三目"新闻的本源是事实"和第四目"新闻必须用事实说话"。其三，考虑到新闻传播事业的经营管理属于管理学范畴，删除了原第七章第五节"新闻传播事业经营管理"。

本书修订，可谓积累于平时而形制于一刻。吾人不才，唯有以勤补拙，择善而从。为尊重历史，感念同仁，仍将此前各版后记收录于后。古人云："人心惟危，道心惟微，惟精惟一，允执厥中。"当今社会急剧变化，有识之士理应诚信为本、敬业无忧，以为学术之风范。

蔡铭泽
2010 年 8 月于广州松泉居

《新闻传播学》 第四版说明

检视本人治学经历，至今已发表近百篇论文，出版或参撰专著20部。这些均是作者心血之作，其中尤为满意者有二：一是《中国国民党党报历史研究》，二是《兴稼细语》。现在，暨南大学出版社决定将《新闻传播学》再版第十三次印制，发行量可望突破50 000册。倘若如此，本书或可成为本人满意的第三本书。书逢其盛，由来有因。作者身处南粤，求真务实，对新闻传播学研究中的敏感话题敢于发表见解。历史证明，这些见解并无不妥，已获广泛认同。暨南大学出版社人文社科分社总编辑潘雅琴严格把关，求善求美，精益求精，只言片语，未敢稍纵，从而提升了本书的质量和品位。这次修订，在保持第三版主题架构和基本内容的前提下，更新了部分数据和案例，调整了有关新媒体发展的论述，大量压缩了事例性和过程性的论述，并且在每章之后各增加了一篇有针对性的"兴稼细语"小品文。其中，第三章第二节第四目"网络媒体及其传播特点"和第五目"媒介融合及其发展趋势"由麦尚文博士协助修订。借此机会，谨向长期以来关心本书的专家学者、广大读者、同事、朋友和家人表示衷心的感谢。

蔡铭泽
2013年12月于广州松泉居

朝花夕拾温旧梦

　　《〈向导〉周报研究》包括主体和附录两部分。主体部分是专门针对中国共产党第一份政治机关报《向导》周报所做的研究，它是在作者20世纪80年代硕士学位论文的基础上修订而成的。其中，个别内容虽曾发表，但绝大部分属于第一次面世。附录部分则为作者已发表的有关中国共产党党史、中国新闻传播事业史方面的论文。可以说这是一部"朝花夕拾"或"旧梦重温"式的文集，从中可以清晰地看出作者求学治学的发展轨迹，也可以隐约窥见时代大变局中知识分子思想解放的心路历程。

　　作者出身于湘北贫苦农家，适逢邓公拨乱反正，才有机会上大学深造。本科入读中共党史专业，这在当时可谓"显学"，据说学成毕业后可以从政为官。随着市场经济大潮不断高涨，"显学"渐"隐"，盖因其政治性太强而科学性受限也。其实，中共党史属于历史科学，是中国近现代史的一部分，既非超越海岳，亦可忝列学林。遵循中国近现代思想文化史的路径，我自然进入了中国新闻传播史研究领域，并注重从史论结合的角度研究新闻传播学。求学问路，幸赖诸多良师益友提携。他们的帮助与教诲，令人终生难忘。唯天性愚钝，建树甚微，无以报答师友于万一。然则，以师为范，孜孜求索，启迪后学，不亦乐乎？

　　大凡动乱岁月度日如年，太平时光转瞬千载。二十多年来，改革开放，神州变化天翻地覆。不经意间，我们的国家已经进入了一个全新的时代。过去种种，有的已经逝去，有的正在淡漠。唯一不变者，实事求是，思想解放之精神也。收入本书的所有论文，均是作者在体验了我们民族思想解放的过程中，实事求是、独立探索之心得。书中所涉及的一些内容，在当时属于敏感话题，需要理论勇气和科学精神去面对。正是本着这种实事求是的理论勇气和科学精神，本书才有面世的价值。不过，本书的主体部分，即关于《向导》周报的研究毕竟是 20 世纪 80 年代中后期的研究成果。时过境迁，学术界包括中共党史学界对许多问题甚至是一些敏感的问题已有了全新认识。但是，限于本人现有的研究领域和学术视野，本书未能吸收这些新的研究成果，这不能不说是个遗憾。不过从另一方面看，忠实于历史原貌，贯彻实事求是精神，又是作者始终坚持的治学态度。故此云尔，聊以自安。

本书出版，得益于暨南大学领导历年来倡导的严谨治学的风气，得益于暨南大学董事梁仲景先生对暨南大学新闻与传播学院的资助，也得益于我指导的研究生颜开云同志对书稿的认真校对，更得益于贤妻李伊和爱女文逸长期以来对我安于清贫、心向学问的理解与支持。对于领导、朋友和亲人的关心与帮助，本人深致谢忱并永志不忘。

蔡铭泽
2004 年孟春于广州暨南园

（本文为《〈向导〉周报研究》后记，该书由福建人民出版社 2004 年 8 月出版）

新闻彰显人性美

新闻是关于事实的报道，于是，有人说，新闻学是"事学"或"实学"。但新闻报道的一切事实都是人创造的，或者是围绕人而展开的，是为了人，于是，也可以说，新闻学是"人学"或"美学"。新闻必须报道事实，必须真实。但是，新闻仅仅报道事实或强调新闻的真实性是不够的，还必须讲究新闻报道的艺术，要求所报道的新闻是美的。

新闻要不要美，新闻美在何方，这往往是人们所忽略的问题。我以为新闻是要美的，新闻之美的主要表现形式有繁盛之美、简约之美、对比之美、过程之美、图文之美和人性之美等。其中，最主要的是人性之美，即新闻必须体现人文关怀。

所谓人性，是指人类在长期的发展过程中所形成的某些共同的本性，比如对生命的敬畏和珍惜、对宇宙万物的理解和包容等。新闻传播是人类社会所特有的现象，它是由人所从事的反映人本身并且为人提供服务的。因此，新闻或新闻传播必须彰显人性美，必须追求和体现人文关怀。窃以为，新闻的人性之美可以表现在以下五个方面：

第一，对生命现象的敬畏感。生命为天地精华，人类为万物之灵。对这种精巧而完美、神圣而庄严的生命现象，新闻媒介不要轻举妄动地去解构、去展示、去亵渎。只有这样新闻媒介才能引导人们尊重生命、尊重他人、尊重一切美好的事物。

第二，对生命个体的主体和客体的平等感和尊重感。任何生命一经降临，他们相互之间就必然是平等的。这种平等无论在人类社会发展的任何阶段都应该是无处不在的，而且随着人类文明的进步，它必将更加普遍地表现出来。因此，新闻媒介应该面向全社会服务，不必刻意追求为某些特定的个人或某些特殊的利益团体谋利益，更不能以便谋私。

第三，对社会弱势群体的关切之情和助益之心。由于生命个体的先天主观条件和后天客观条件不尽一致，在任何社会的任何时代必定存在一些弱势群体。对这些弱势群体，新闻媒介应当时刻关注他们，反映他们的疾苦和心声，并呼吁社会各界满腔热情地关心和帮助他们。

第四，给漠视生命和欺压他人者以凛然正气。由于后天习得特别是社会环境熏染的结果，极少数个人或利益团体往往自私自利，巧取豪夺，甚至破坏公共环境。对此等人物和此类现象，新闻媒介应该从社会正义出发对这些行为进行尖锐的揭露和指斥，并号召全社会起来抵制他们的不义之举，促使他们回到正确的轨道。

第五，对动物界、植物界乃至整个自然界的关爱感。在人类和自然之间，特别是人类和动植物之间存在着一种天然的生物链。正是这种生物链维系着人与自然的和谐相处，维系着人类的生存和发展。但是，由于人类的非理智行为，这种生物链正日趋脆弱，大量的植被遭到破坏，大量的野生动物被捕杀，大量的物种在消亡，大量的疾病在产生,人类正面临着严峻的考验。面对此情此景,新闻媒介应该"以天地万物为心",启发人们进行反思和觉悟,促成人和自然的和谐相处。

新闻的人性美是对人的关怀和爱护,是新闻美的最高境界,是新闻的本质。有无人性美和能否体现人文关怀,是衡量一家新闻媒介品质高下的重要标志,是衡量一个新闻工作者素质优劣的重要指标。因此,一切新闻工作者和新闻媒介都应该重视新闻的人文关怀,都应该利用新闻彰显人性美。事实上,强调新闻的人性美和中国共产党强调全心全意为人民服务的宗旨,强调以人为本和强调科学的发展观是完全一致的。

创刊刚过三年,出版仅逾千期的深圳《晶报》,之所以能够在强手如林的深圳乃至广东报业市场中异军突起,表现出非凡的魅力,除了其坚持正确的舆论导向,保持清新淡雅的风格之外,一个主要的原因就是它能够坚持以人为本,关心人,爱护人,体现人文关怀,彰显人性之美。从《非常新闻》十大策划选登作品目录中,可以发现《晶报》新闻报道和新闻策划处处体现出人文关怀的高尚境界。谓予不信,请君细读之。是以为序。

蔡铭泽
时值二○○四年金秋

(原载陈寅主编《策划大道》,海天出版社 2004 年版)

《新时期广东报业发展研究》 后记

　　本书是由广东省社会科学规划项目"新时期广东报业发展研究"结题报告修订而成的，是个人负责和集体协作的成果。

　　早在1995年初，本人即开始关注这方面的研究。不过，由于主持广州师范学院新闻传播系的工作，分身乏术，无暇顾及。1999年5月，本人调入暨南大学新闻系工作。在此前后，"无官一身轻"，心身俱自由，完全沉浸于此项研究，好不快乐！曾记得，每天骑一辆旧自行车到广州图书馆和暨南大学图书馆查阅资料，大街小巷，飘然而过。人我不识，了无干扰，物我相忘。在这种悠闲的环境中，我查阅了1976年10月至2000年的《南方日报》，并摘抄了大量的第一手资料，从而打下了研究新时期广东报业的初步基础。

　　2000年3月，暨南大学任我为新闻系主任。继而学院成立，忝任常务副院长、院长以迄今日。暨南大学新闻学学科历史悠久、影响巨大、中兴任重。本人才疏学浅，唯殚精竭虑，不负厚望。在这种情况下，主持省社会科学研究课题无疑是艰巨的任务。该课题研究的内容非常丰富，结题时间又非常急迫，结果未必能遂人意。好在作者及合作者已尽心力，由此稍感安慰。

　　科研课题和本书的框架由本人提出，主要资料由本人搜集和提供，各章初稿由本人和课题组其他成员撰写。大致来说，前十章是本书主体部分，第十一、十二章属于附录部分。除本人之外，参与写作各章初稿的人员分工如下：杨洸（第一章），杨亚军（第二章），陈义珠（第三章），何又华（第四章、第七章部分），刘兢（第五章），蔡铭泽（第六章、第七章），陈雨（第八章），吴凡、彭莲萍（第九章），支庭荣（第十章），张妍、陈洁娜、林如鹏（第十一章）。附录一"新时期广东报业发展大事记"由本人汇集，张晓斌提供了其中有关深圳特区报社的部分内容；附录二"新时期广东报业发展一览表"由胡一平编制。薛国林对第九章的初稿进行了初步修订。此外，麦尚文为本书提供了部分资料和初稿，因体例所限，他的研究成果未能在书中体现。所有稿件均由本人最后剪裁定夺，有些章节实际上属于重新写作。

　　本人不才，且无慧心，对研究课题的把握未能进入痴迷状态，这在一定程度上会影响最终成果应该达到的高度。但合作者能够戮力同心，本书内容均属创新之举，这又使我稍感无愧于神明。对所有参撰同仁的通力合作，本人深表谢意。对广东省社会科学研究规划办公室、暨南大学社会科学研究处和暨南大学新闻与传播学院以及我同事和好友林如鹏、刘家林、董天策、曾利斌等的关心和支持，一并致谢。

　　最后，我要特别感谢我的妻子李伊和女儿蔡文逸。她们的关心和鼓励使我能全身心地投入本书的写作和修改。书稿的完成，实有她们的一份功劳。聊表于此，以志不忘。

蔡铭泽
2006 年 1 月于广州暨南园

《新闻细语》 开篇辞

　　书名《新闻细语》，源自"兴稼细语"一辑。"兴稼"者，兴盛之庄稼也。云梦古泽，荆楚丘陵，有小山村"书稼冲"者存焉。盖先祖书香传家，农耕谋生，地名含有耕读为本之意。作者生长于斯，梦绕魂牵，丝毫未敢相忘。佳名惠我，好学喜文，每于教学科研之余，辄将治学、为人、处世之心得著述为文发表。此类小品从现实生活出发，谈天说地，论古道今，集新闻性、思想性、知识性、趣味性和可读性于一体。寒来暑往，日积月累，竟数十篇，粲然可观。于是，不揣冒昧，细加剪裁，编辑出版。"细语"者，细雨也，微言也。作者少怀壮志，奋斗不已，常思有所作为。奈何时运多舛，资质愚钝，事功碌碌，教学、科研和行政，均无大成。其人也微，所言者轻，未可示人。然"诗圣"有云，"好雨知时节，当春乃发生。随风潜入夜，润物细无声"。仿效先贤，附丽雅趣，愉己悦人，不亦乐乎？若能悦君子而就有道，斯愿足矣。

　　书分四辑，内容如次：

　　一曰"兴稼细语"，收录小品文30篇。此类文章，各自成篇，内容相异，观感不同，唯以写作时序为编次。其为文也，选题新而奇，篇幅短而精，旨趣高而远，文辞质而朴，心志专而用力勤。诵读之下，略能见其为人处世之道，或可窥其格物致知之理。教化之功岂敢奢言，心香一瓣奉献真诚。

二曰"建阳千秋梦"，收录游记散文 7 篇。建阳者，闽北古邑，丹山碧水，人物俊逸，理学渊薮，蔡氏远祖之故里也。慎终思远，抚今追昔，吾有志于此久矣。于是，依武夷而访舂陵，顺潇湘而下衡岳，乘波涛而入洞庭。故乡山水常在心中，家国情怀时萦脑际。循此以进，印度古国，澳洲新邦，景物各异，气象万千。风土人情增见识，名山大川壮魂魄，理学佛教益心智，和谐社会惠众生。

三曰"教坛风雨路"，收录访谈、演讲 10 篇。作者南下广州，十有三年，先后在广州师范学院和暨南大学任教，并主持两校新闻院系工作。领导关怀，同仁戮力，两校新闻教育，各有所成。广州师范学院新闻系规模初具、特色鲜明，暨南大学新闻学院老树新枝、申博成功。其间，聚才谋事，教书育人，凝聚几多心血。事业遂而身不居，车马稀而嘈杂远，心神宁而智慧生。天高地远，思域无垠，正是读书养性之时。存此数篇，教坛风雨，任人评说。

四曰"新闻细语"，精选论文 13 篇。作者本于史学，转道新闻，已逾二十五年。历年发表论文近 70 篇，出版专著 3 部，幸无懈怠。迩来学风浮华，官焰狂张。返身自省，与时俱进者有之，故弄玄虚者殊无。入选论文，面世有年，文责敢自负，学界无异论矣。秉实事求是之素志、持史论结合之方法，关注南粤新闻界，为论文三大特色。直面客观，实事求是，学术勇气之谓也；以史为据，论从史出，治学态度之谓也；关注南粤，连通中外，学术视野之谓也。青年学子，有志南方，有观之者，当不疑焉。

新书期望付梓，获辞院长之职。同仁念旧，赞助出版。

世风不古，余茶尚温，夫复何求?！贤妻李伊，秀外慧中；爱女文逸，学业有成。悉心体贴，慰藉我心。奉献此书，常享天伦。

蔡铭泽
丁亥新春识于广州暨南园

（本文为《新闻细语》序言，该书由南方日报出版社2007年4月出版）

《兴稼传播史论集》 序言

　　《兴稼传播史论集》是作者历年来所发表的新闻传播学方面的论文选集。本书分为四辑：第一辑收录作者 20 世纪 80 年代研究中共党史特别是中国共产党第一份政治机关报——《向导》周报所发表的 8 篇论文；第二辑收录作者 20 世纪 90 年代在中国人民大学新闻学院攻读博士学位及任教期间所发表的有关中国国民党党报历史研究的 7 篇论文；第三辑收录作者 1994 年南下广州以来所发表的关于当代新闻事业史特别是关于新时期广东报业发展史阶的 8 篇论文；第四辑收录作者历年所发表的新闻传播理论方面的 9 篇论文。上述 32 篇论文大致文以类分，并按照发表时间之先后排列。可以说这是一部"朝花夕拾"或"旧梦重温"式的文集，从中可以清晰地看出作者求学和治学的发展轨迹，也可以隐若窥见时代大变局中知识分子思想解放的心路历程。

　　作者出身于湘北贫苦农家，适逢邓公拨乱反正，才有机会上大学深造。本科入读中共党史专业，这在当时可谓"显学"，据说学成毕业后可以从政为官。后来，随着市场经济大潮不断高涨，"显学"渐"隐"，盖因其政治性太强，科学性受限。其实，中共党史属于历史科学，是中国近现代史的一部分，既非超越海岳，亦可忝列学林。遵循中国近现代思想文化史的路径，我自然进入了中国新闻传播史研究领域，并注重从史论结合的角度研究新闻传播学。求学问路，幸赖诸多良师益友提携。他们的教诲与帮助，终生难忘。唯天性愚钝，建树甚微，无以报答师友于万一。然则，以师为范，孜孜求索，启迪后学，不亦乐乎？

大凡动乱岁月度日如年，太平时光转瞬千载。二十多年来，改革开放，神州变化天翻地覆。不经意间，我们的国家已经进入了一个全新的时代。过去种种，有的已经逝去，有的正在淡漠。唯一不变者，实事求是，思想解放之精神也。收入本书的所有论文，均是作者在体验了我们民族思想解放的过程中，实事求是、独立探索之心得。书中所涉及的一些内容，在当时均属敏感话题，需要理论勇气和科学精神去面对。正是本着这种实事求是的理论勇气和科学精神，本书才有面世的价值。

本书的出版，得益于暨南大学领导历年来所倡导的严谨治学的科学研究风气，得益于暨南大学新闻与传播学院同仁的关爱，也得益于我指导的研究生朱家佳同学和田博同学对书稿的认真整理，更得益于贤妻李伊和爱女文逸长期以来对我安于清贫、心向学问的理解与支持。对于领导、朋友和亲人的关心与帮助，本人深致谢忱，永志不忘。

蔡铭泽

2012 年 10 月于广州松泉居

头版头条有学问

因研究需要，我曾系统查阅过改革开放以来的《南方日报》。在此过程中，该报一批有名的记者和他们的优秀新闻作品与我颇有"神交"，谭立谋同志就是其中令我印象最深的一位。后来，蒙朋友引见，我有幸结识了谭立谋同志，同他有了较深入的交往，有了更多向他学习的机会。

现在，他从自己30多年来所发表的近200篇头版头条中选取100篇结集出版，并给予我先睹为快的机会。我认为，这本书的出版，对于新闻业界、新闻学界和新闻教育界，都是一件非常有意义的事情。

这本书名为"头版头条的学问"，学问在哪里？我以为可以从以下三个方面领略本书的风采：

第一，头版头条是报纸特别是党委机关报的"眼睛"和旗帜，"眼睛"明亮，旗帜鲜明，自然显示出报纸的水平和质量。那么，什么样的新闻才能成为头版头条呢？怎样才能写出头版头条新闻呢？一般说来，一条新闻能否成为头版头条，在很大程度上取决于它是否与党和国家的大政方针以及人民群众的根本利益密切相关。那些具有权威性的重大事件、具有指导性的新举措、具有典型性的人物和事件、具有群众性的现实话题都是与党和国家的大政方针和人民群众的根本利益密切相关的新闻，这样的新闻都可以成为头版头条。要抓住和写出这样的新闻，要求新闻工作者具有很强的政治意识和大局意识，否则就很难上头版头条。这是《头版头条的学问》一书中所昭示的一条重要经验。正如谭立谋同志所指出的，"省委机关报一项重要任务，是根据实际刊登思路、方向、路径性的东西。我写的报道常常受到党政领导的重视，就是因为写了这些，他们看了受到启发，得到教益"。因此，无论是领导干部，还是新闻工作者或其他行业的人员，要想事业有成，必须想大事、抓大事，要始终保持正确的政治方向和坚定的政治立场。

第二，头版头条是新闻工作者贴近实际、贴近生活、贴近群众的产物，从中可以体现新闻工作者新闻理论水平和新闻业务能力的高下。谭立谋同志之所以能发表近200篇头版头条新闻作品，被冠以"头条记者"的美誉，是因为他具有良好的理论修养和扎实的新闻业务根底。一个成功的新闻记者起码要打好三个"根底"：一是要有心，即要时时刻刻注意发现和发掘能够成为头版头条的新闻，这是成功的基础和动力；二是要关注大事，即要时时刻刻了解和领会党的路线、方针和政策，这是衡量能否上头版头条的标准；三是深入实际、贴近实际、贴近生活、贴近群众，这是发现和发掘头版头条的唯一途径。收入本书的新闻作品均反映出作者这三方面的"根底"，并体现出"实""新""快""高"的特点。所谓"实"，就是从实际出发，从人民群众的社会实际生活中发现具有重大新闻价值的事实，通过对这些新闻事实的报道和宣传，帮助人们正确地认识事实，解决和克服现实困难。所谓"新"，就是所发现的新闻事实具有全新的内容和意义，能够引发人们积极思考，顺应和推进时代发展的潮流。《南粤新经济产业异军突起》一文从 2000 年上半年电子及通信设备制造业占广东省工业总产值两成的统计数据中敏锐地意识到："新经济产业正在我省兴起，一个崭新的经济时代即将来临。"这种发现新事物，提出新观点的敏锐和勇气，实在难能可贵。所谓"快"，就是要抓住新闻的时效性，以最快的速度将新闻传递出去。《部署支援鄂湘赣救灾》一文从采访、写作、送审到发表，仅用 1.5 小时，及时报道了广东省委省政府的重要会议和决策。所谓"高"，就是从具体实际出发，上升到理论的高度，使之具有普遍的指导意义。《高州 13 万吨荔枝销售一空》所反映的虽然仅是高州一地的事实，但它却回答了一个涉及广大人民群众生活的重大问题：果多不愁卖，低价能增收，关键是要打造完整的产业链。这样的佳作在本书中俯拾即是，不胜枚举。

第三，头版头条的魅力何在？这是新闻工作者和新闻研究者所关注的问题。为了帮助读者了解新闻作品的背景，谭立谋同志对自己的每篇入选作品均做了详细的"解读"。这种"解读"对广大读者无疑是非常有益的，它有利于广大读者了解"新闻背后的新闻"，管窥记者发现、提炼和拓展新闻素材的思维过程。在对《广东基本消除绝对贫困》一文的解读中，作者从新闻的发现（省政府宣布基本解决绝对贫困人口的温饱问题）、新闻的发掘（进一步调查核实各方面的工作和数据）、新闻的提炼（广东省在全国各省区率先解决绝对贫困问题以及世界贫困人口的扩大），到新闻的表现（跳出会议写新闻、从全国看广东、从世界看中国、从过去看现在），都有详细的交代，读者从中可以领略新闻的发现美和智慧美。由作者解读自己的作品，这在同类新闻学书籍中是不多见的。这种自我"解读"，不仅对读者具有启发和示范的意义，而且有利于推动新闻批评学的发展。近年来，随着形势发展的需要，高等学校新闻院系纷纷开设了一门新的课程——新闻批评学或媒介批评学。虽然这门课程尚处于幼稚阶段，但仍然深受新闻院系师生的欢迎。谭立谋同志对自己作品"解读"为新闻批评学的教学和研究提供了大量的生动范例，这为进一步加强新闻学理论和实践的联系增加了新的途径。

本人从事新闻传播学教学和科研工作有年，对广东新闻界也不能说完全陌生，但对实际新闻工作毕竟是"门外汉"。以"门外"之人，议"门内"之事，难免有隔雾看花之嫌。严格地讲，这篇文字不宜称为序言，至多只能算做一篇读后感而已。信耶？非耶？作者哂之，读者鉴之。

蔡铭泽
2003 年 8 月于广州暨南园

（本文为谭立谋著《头版头条的学问》序言，该书由南方日报出版社 2003 年 10 月出版）

《茂名日报〈都市文萃〉》序言

癸未国庆中秋之际，朋友以《茂名日报〈都市文萃〉》书稿见赠，并嘱作序。捧读书稿，觉其内容充实、体例规范、文风清新、佳篇屡见，粲然可观。尤可推崇者，当属其中所体现出来的地市党报创新意识。

党报作为我国的主流媒体，具有天然的优势。但是，在我国社会由计划经济体制向社会主义市场经济体制转型的过程中，各级党报也面临着改革和创新的艰难任务。这些任务包括：如何在坚持党性原则的前提下取得社会效益和经济效益的双丰收，如何处理党报作为党的喉舌和作为人民喉舌的关系，如何创新党报内部的管理体制等。作为地市党报的《茂名日报》在以上这些方面都进行了积极探索，其中《茂名日报·都市版》尤为成功。

《茂名日报·都市版》的创办，成功地改变了地市党报普遍存在的"严肃有余，活泼不足"的面貌，赢得了上级党委和广大人民群众"两头满意"的理想效果。20世纪90年代开始，由于市场经济的日益发展，《茂名日报》的广告量激增。一张对开四版的报纸已无法满足社会各方面，特别是广大受众对新闻信息的需求。在这种情况下，作为B版的彩色对开四版的《茂名日报·都市版》的创办，积极配合主报A版，及时地解决了这一矛盾。A版和B版明确分工、默契配合、相得益彰，从而为报社的发展插上了腾飞的双翼。《茂名日报·都市版》的创办，既成功地回应了在新的条件下党报如何融入社会主义市场经济体制的历史性课题，又有效地避免了有些大报在创办都市报过程中曾普遍出现的"大报管导向，小报找市场"的弊端。实践证明，地市党报创办都市版并将其和主报联体发行，是地市党报一条成功的创新之路。

《茂名日报·都市版》顾名思义，主要是办给市民百姓看的，因此它在坚持正确的舆论导向的前提下应该努力办出自己的风格和特色。这既是都市版生存和发展的基础，也是地市党报在报道内容上改革创新的必然要求。关于《茂名日报·都市版》的风格和特色，该报原常务副总编辑曾北洋同志做了非常准确的概括，这就是：反映普通平民百姓的生活，积极宣传与市民息息相关的国家政策，充分体现人民群众舆论监督的权利。在反映平民百姓生活方面，1999年发表的《爱情绝唱》，2001年发表的《无手村妇酷爱书法，身怀绝技闯荡特区》，2002年发表的《漫漫人生路，她用双手"走"过》，都因反映的是老百姓身边的新闻，加之故事情节感人，而引起市民的巨大反响。在宣传国家政策方面，凡与市民生活密切相关的问题，例如利息税开征、职工工资的提升、福利和货币分房、计划生育新条例的实施、维护消费者权益等问题，都是都市版宣传的热点和重点。这些宣传极大地方便了市民的生产和生活，密切了党和政府与人民群众的关系。实行舆论监督是报纸的基本功能之一，也是报纸吸引受众和体现自身水平的有效途径。《茂名日报·都市版》注意选择那些老百姓普遍关心、政府有能力解决或正在解决的事件，同时注意及时与政府和有关部门沟通，旨在帮忙，而不添乱。1999年发表的《非法设卡＝拦路抢劫》，2000年发表的《"卧底"三日揭传销》，2001年发表的《人民警察助弱女》《有理村民告赢造假村官》，2002年发表的《昨晨扫荡病死"烧鸡"，确保春运旅客安康》等新闻，都是这方面的成功之作。

我以为，《茂名日报·都市版》的上述风格和特色突出体现在它的人物报道方面。茂名高州历来以人杰地灵、物产丰美而闻名于世。在反映民声、服务民生的总体原则下，该报十分注意报道与本地密切相关的重大历史事件和名人逸事，以求打好"地方特产"这张牌。都市版在创刊之初，就发表了反映高州历史名人高力士的长篇系列报道《千秋功罪今评说——高力士墓保护性发掘现场直击与求索》，2000年又发表了反映祖籍信宜的《海外华裔巨人李孝式》的系列报道。这些报道因其地方特色、名人效应和可读性强而产生过重大影响。2000年2月，中共中央总书记江泽民视察高州，在这里他首先提出了在全党开展"三讲"教育的号召。这是全国人民政治生活中的大事，更是茂名人民的大喜事。对此，该报都市版率先发表长篇通讯《春风暖民心》，对江泽民总书记在茂名的视察进行了详细的报道。2001年5月，该报再次发表《江总书记手植荔枝树今年挂果百颗》的报道，由于题材重大，这条消息获得当年广东省新闻评选的一等奖。此外，2001年发表的《伟人贤孙，平民学者》（毛新宇）、《走近张蓉芳》，2002发表的《诚挚大方吴小莉》《你是一束阳光——访张也》，也均可以称得上是人物通讯的佳作。特别值得一提的是，都市版在《人世间》专栏中大量发表了反映平民百姓真实小人物的小品文，例如 1999 年发表的《琴声如诉》，2000 年发表的《卖烟丝的女人》《谢谢老师对我的终身激励》，2001 年发表的《"西施"擦鞋妇》《阿根的婚事》等。这些小品文中的人物均由作者亲历亲见，性格鲜明生动，感情真挚朴实，是淳朴善良且机智幽默的粤西人群体形象的展示。正是通过这些不同层面优秀的人物报道，都市版将自己的风格和特色进一步具体化和形象化，从而使之内化为广大市民的自觉阅读习惯。这一点，是该报的成功之道，也具有推广的普遍意义。

《茂名日报》创刊于 1994 年，一家报纸 20 年报龄不算长。《茂名日报·都市版》创刊于 1999 年，一份专版 3 年刊期更嫌其短。但是，在短短的 3 年中，《茂名日报·都市版》却创造了不凡的业绩：该报共有 20 多条新闻和版面获得省级以上新闻奖，其中 2001 年度获得广东省新闻奖一等奖一个、二等奖一个、三等奖三个。这些成就的取得主要得益于报社拥有一支高素质的新闻队伍和报社内部所形成的良好新闻人才管理机制。在都市版创办之初，报社领导就明确提出："办好一个刊物，不仅要有自己的风格特色，而且要拥有一支高效率能拼搏的新闻队伍。这就必须进行大刀阔斧的新闻机制改革。"一位仅有高中文凭的外省复员军人竞聘上岗后问报社老总："在众多不乏本科学历的考生中，何以错爱我？"老总回答："作品和人品有时比文凭更重要。"这种朴实的人才观充分反映了报社领导者发现人才和培养人才的远见卓识。在此基础上，报社逐渐创建了一套行之有效的人才管理机制，这就是：变"伯乐相马"为"疆场选马"的公开、平等、竞争、择优的人才选拔机制，按岗位、按任务、按业绩实行百分制记分的考核机制，变终身任用为合同聘用的流动管理机制，和变"要我写好稿"为"我要写好稿"的奖励优秀作品的"精品"激励机制。管理制度方面的不断创新，为都市版乃至整个报社的进步提供源源不断的活力。

《茂名日报·都市版》通过自己三年多的卓越表现，已经获得了当地广大市民的认可和全国新闻业界特别是广东省新闻业界的肯定。可以相信，秉承人杰地灵之优势的《茂名日报》及其都市版必定根深叶茂、硕果累累。谨此祝愿，并以为序。

蔡铭泽

2003 年 10 月于广州暨南园

（作者为教育部高等学校新闻学学科教学指导委员会委员、中国新闻史学会副会长、广东省新闻学会副会长、暨南大学新闻与传播学院教授和院长）

老大无伤悲

高州曾氏北洋君，本乃萍水相逢，臻于至善之交。究其所以，盖经历与命运同脉也。曾父业医，救死扶伤，有恩名于粤西。继其业者，君之兄石江先生也。

石江先生职业行医，时而为文，医德文名俱佳，其文集成书曰《老大无伤悲》。予蒙赐稿，先睹为快，不揣浅陋，辄发感想数端以为序。

全书分为"艰辛起步""人间冷暖""亲情师恩""游历养生"四个部分。作者以自身经历为中心和主线，涉及父母乡亲，连接古今中外，描绘了风起云涌的时代画卷，歌颂了悲欢离合的人间真情。

作者生于名医之家，耳濡目染，自然选择了医生职业，也选择了一份对社会的沉重责任。我们看到：初次施救的成功和乡亲们的赞赏使他满心喜悦，决心当一个好医生；在自己中毒轻度眩晕的情况下，他仍然坚持出诊，挽救了同样中毒的工友的生命；在冷雨寒风之夜，他用小推车护送难产孕妇到卫生院，使其转危为安；他为在那苦难的年代能有一方"在苦楝树和竹林掩映下"的净土——"肺痨寮"而感到欣慰；他为能在国际游轮上救助外国患者而感到自豪；甚至在退休之后，他还以身作则，劝导人们多读书、多运动，少抽烟，少喝酒，保持健康的生活方式。医者父母心，其心恳恳，其情殷殷，感人至深。

　　高尚的医德，精湛的医术，固然为医者刻苦修炼之所致，亦为故乡风情自然熏陶之结果。古邑高州，山川秀美，民风淳朴，文教发达，英才辈出。奋迹南粤而心系中原的民族英雄冼夫人诞生于这里，机智多能且忠贞不渝的高力士曾在这里度过童年，道行高洁爱民如子的潘茂名在这里留有美誉，苦读成才的"鞭痕进士"曾次风一直为乡里传为佳话。作者父亲曾有斌先生为国民革命军中校主任医生，广东省第三防疫队队长。抗日战争中，他奉命率队赴廉江防疫治病，有功于邦国，并获国际红十字会奖章。后来虽经历政治运动之折磨，但从无怨愤之心，始终教育子女爱乡报国。此外，我们还能看到众多心地善良的平凡人。例如，乐于助人，不谋私利，心比金子还高贵的"爱心哑舅"；虽然蒙受不白之冤、仍然正直仁爱的项凡老师；甘于清贫、爱憎分明的"穷快活"晚叔……作者以朴实的文笔，为我们展示了一幅幅弥足珍贵的乡情、亲情和友情的画卷。正是在这种父母之爱、邻里之情、师生之谊与同事之义的古邑仁风之中，作者得以健康成长，并以一片赤诚回报社会。

　　当然，生活中也会遇到风雨，明媚的阳光有时也被乌云遮盖。与同龄人一样，作者也经历了那苦难而荒唐的岁月。早在"文革"之前，作者的父亲即蒙冤案而被开除公职，全家陷入困顿。身为长子，他担负起全家生活的重担。为了养家糊口，他不得不节衣缩食，甚至冒着被病菌感染的危险而延迟在传染科的实习，为的是获得每月12元的营养补贴。虽然历经磨难，但作者对国家、对人民的赤诚之心始终未改。喜得东风吹大地，神州处处展新容。作者无比欢欣，庆幸自己终于遇上了改革开放的年代，庆幸祖国从此走上了繁荣富强的道路。

由此可见，书中所表达的不仅是作者个人的情怀，而且也是对社会历史的忠实记述，是对人性之美的歌颂与彰扬。唯其如此，本书才具有文学价值与社会意义。

如诗，如画，如歌，如史，《老大无伤悲》兼而有之。

大医真诚，德艺双馨，人生无悔，石江先生之谓也。

蔡铭泽

2005 年 10 月于广州暨南园

（本文为曾石江著《老大无伤悲》序言，该书由黑龙江人民出版社 2005 年 10 月出版）

陈谷书序

近读文公朱子书，有两点感受甚为清晰：一是朋友可交，但不要泛交；二是读书治学之人最好夜不出户。交友乃增进情感之道，若泛交酒肉朋友，则无益学问之功。出游乃开阔眼界之由，但游荡无羁，则有损清纯之资。当今社会开放，物质丰富，五光十色，诱人夥也。清纯沉寂之士，安心书斋，穷天地之想，实为难得。

陈雨、谷虹二君，研习报纸分类广告有年，用心竭力，无愧清纯笃学之士。他们在硕士研究生毕业不久，就能写出一本报纸分类广告经营管理的专著，填补了国内学术研究的空白，开启了报纸广告经营管理的微观研究。作为他们的老师，我感到由衷高兴，欣然应允作序。

我国最早对报纸分类广告进行研究的学者，可以追溯到20世纪初期。当时，随着我国报纸企业化进程的展开，广告经营活动得以起步和发展，早期的广告学研究应运而生。自然，报纸分类广告也成为人们研究的关注点之一。1919年，徐宝璜在其所著的我国第一本理论新闻学专著《新闻学》中，将报纸广告分为五种，而报纸分类广告作为其中一种而被单独列出。按照徐氏的定义，所谓报纸分类广告，"即将几种最普通之广告，如遗失、待访、招请、待请、招租、待租、新书出版、学校招生等，各为一类，聚于一处登之"，"以便阅者查时容易，其长大抵仅三数行也"。书中并对分类广告的新闻性和促进报纸发行的作用作了解释："此种广告，实乃小形之新闻。每一种类，均有一部分人，急欲取而读之。故如取价甚廉，使其发达，则足以推广一报之销路，毫无疑义。"

由此可见，我国报纸广告乃至分类广告的研究起步不可谓晚。然而，在我国报业越来越发达的今天，关注报纸分类广告发展的学者却不多见，学术期刊上所见到的相关文章也仅仅限于只言片语的探讨，更谈不上有专门阐释报纸分类广告的书籍出版。有鉴于此，陈、谷二君冒险犯难，查阅了古今中外大量报纸，撰成此书，将中外报纸分类广告的发展脉络梳理得有理有据。筚路蓝缕，发人先声，有补报纸广告研究空白之功，起报纸广告经营实用之效，予乐观乎其成。

纵观国外报纸分类广告的发展历史，分类广告一直推动着报业的发展。而在我国，报纸分类除在 20 世纪二三十年代伴随着民族资产阶级商业报纸的兴盛而出现了短暂繁荣之外，基本上没有得到应有的发展。改革开放之后，分类广告才终于回归报纸版面，在报纸经营中显示出自己的价值，近年来更是突飞猛进，逐渐引起报纸经营管理者的重视。其实，分类广告是一份报纸发行量和影响力的见证。报纸的本质特征是传递信息，而分类广告是所有的报纸广告信息中信息服务实用性最强的。报纸分类广告的内容贴近百姓、贴近生活、贴近需求，与日常社会经济生活紧密联系，具有巨大的市场亲和力。分类广告不仅仅是广告，也不仅仅可以为报纸带来广告收入，而且是一种可读性很强的报纸内容，可以为报纸带来发行量和发行收入。更重要的是，分类广告是报纸广告市场的培育基地。在某种程度上，分类广告能潜移默化地培育读者对报纸广告的阅读兴趣和忠诚情感，提升读者阅读报纸的参与程度，增加报纸的传阅率，有利于提升工商和专栏广告的刊出效果。其产生的阅读影响，远远大于分类广告收入本身。

分类广告在不断丰富着媒体的内涵，分类广告在报纸经营管理中的重要性，在此不必赘述，想必奔走在市场第一线的经营管理者有更深刻的体会。对学术界的各位有志之士而言，如何通过科学的研究来促进我国报纸分类广告的发展，是一个全新的、值得深究挖掘的课题。

当然，限于作者的学术积淀和修炼，书中有些观点的表述不尽精当，有些问题还值得进一步探讨。相信作者能够以此为起点，不断关注和推进这方面的研究，望时有佳作问世。

蔡铭泽

2006 年 5 月于广州暨南园

（本文为陈雨、谷虹著《报纸分类广告经营管理》序言，该书由南方日报出版社 2006 年 7 月出版）

关注·思考·成功

　　在广州，在广东，乃至在整个华南地区，广东电视台珠江频道的《今日关注》新闻栏目声名卓著，广为人知。虽然，这只是一个刚组建不久的新栏目，但它的成员都是新闻战线上敬业爱岗的精兵强将。他们以天下为己任，与生民共休戚，视新闻为生命，意气风发，共同拼搏，不到一年，其业绩已粲然可观。目前，该栏目的月收视率在广东省范围内已达到5点以上，在广州地区内达到6点以上，单日最高收视率超过了11点。这就从根本上改变了广东电视长期以来所面临的境外电视节目高居收视率榜首的尴尬局面。

　　一年甘苦不寻常，奋斗成功须思量。现在，他们将自己的观察、思考记录成文，编纂成书。我以为，这是一件好事，是有为者应该做的一件有远见的大事。故当朋友索序，吾乃欣然应命，且以"关注·思考·成功"名之。

　　关注者何？关注社会、关注生活、关注民生是也。2005年，《今日关注》栏目开办之初，即定位为民生新闻，这是适应时代潮流的举措。民生者，老百姓的生活、生存和生计之谓也。国以民为本，民以食为天，民生安，则天下定。在传播媒介高度发达的今天，人类的沟通是否真正得到了加强？值得深思，不容回避。《今日关注》栏目直面民生，并反复强调："民生无小事，今日多关注。"以此为宗旨，《今日关注》栏目在传播媒介与受众之间建立了一个多向平等交流的平台。在这个平台上，新闻传播者只是其中的一员，他们是观察者和讲述者。他们深入社会底层，反映群众疾苦，抚慰受创心灵。无疑，这个平台的建立减少了受众对媒体的陌生感，增加了社会的亲和力。

思考者何？思考生命之意义、新闻之本质、媒介之使命也。在这个时空高速流转的时代，新闻媒介很容易误入浮光掠影的歧途，往往停留在事物的表面上。长此以往，则我们习惯于随意给各种人或事定义、定性，忽略对事物本质的思考，从而失去受众的认同和信赖。与此不同，《今日关注》的节目站在民生的高度，针对老百姓的生活，援引多方面权威意见，传播法律和政策知识，致力于提高群众的公民素质，警醒生活，启发他们思考，提升他们的法律权利意识。这种"大民生"的价值取向，对每一个关乎民生的新闻事件的思考，必然显示出思想的深度，体现出新闻工作者对社会、对人民的高度的责任感。

善思考者必成功，这条古训再次为《今日关注》栏目的实践所证实。正是由于善于思考、善于总结和提高，在不到一年的时间内，他们不仅创造了广东卫视收视率的新高，而且从人事分配制度和新闻操作理念等方面实现了新的突破。所有这些，对于正在艰难探索中的中国电视业乃至整个新闻传播业，都极具启发和借鉴作用。现在，这个生机勃勃的创新团队又将他们一年来的经历和体验著述为文，结集出版，这既是对已有成就的总结，更是今后更大成功的奠基。这本书既有理论探索，又有创业者心路历程的记录，两者兼美，显示其厚重的社会责任感和使命感。

细细品读，业者可引为镜鉴，学界能开阔视野。

"以热血为经，凭才智作纬，携挚爱为梭，编织绚丽彩虹！用文字筑炉，聚图像为炭，汇心声鼓风，烘暖天地民心！"有理由相信，《今日关注》必将更加辉煌。

谨此为序，以为推介，幸勿无伤于大雅。

蔡铭泽

2006 年 6 月于广州暨南园

（本文为广东电视台编著《今日关注》序言，该书由花城出版社 2006 年 7 月出版）

少年爱画今圆梦

——喜读北洋兄中国山水画近作

北洋君能文，吾知之久矣。至其能画，则闻之甚少。近日聚会，有幸目睹其山水画新作，令人赞叹不已。友人谭君尝言："北洋先生不但会画，而且是画坛高手。为文作画，一直是他少年时代的梦想。"今观其画，此言不虚也。

从《茂名日报》领导岗位退休后，北洋君心态纯净而开朗，专心致志重圆少年时代画家之梦。每有新作，他即传送于我，使我先睹为快。其中，《贡园荔红》《红土香芒》《鉴江荔红》《春山李花白如雪》《秋山果熟酸生甜》等画作均令人眼为之亮，心为之爽，意气而为之欣欣然也。当年，他采写的《中共中央总书记江泽民手植荔枝今年挂果百颗》荣获广东省新闻奖的一等奖。现在，他的画作《贡园荔红》融古今风物于一体，反映了同一重大主题。而巨幅画作《鉴江荔红》尤有新意：百里鉴江，一川碧波，两岸红荔，万千房舍，红墙星排，掩映其间，足以彰显高州农村改革开放的勃勃生机。

北洋君作画也，不慕他乡之名山大川，独钟情于家乡大雾岭之山水。自20世纪60年代起，他曾经在这里工作达十五年之久，对这里的风土人情了若指掌，怀有深情。《春山李花白如雪》和《秋山果熟酸生甜》，是两幅地方色彩浓郁的佳作。春天里，漫山遍野的李花阴风怒放，漫天飘舞。
秋风中，深山野岭的山楂果，由酸变甜，红艳欲滴。两画
各有一道奔流不息的山溪，加上新修的农居和公路，呈现
出一派春华秋实、物茂民丰的景象，寄托着作者对大雾岭
山水和父老乡亲的深情厚谊。

少年时代，北洋君曾拜师学艺，打下了扎实的绘画基
础。退休之后，他经常到"岭南书画林"向各地来茂的书
画名家请教，并拜本地名家张宗俊先生为师。勤学苦练，
终有所成。更为可贵者，北洋君的圆梦并非少年时代一味
追求的"名画家"的桂冠，而是追求潜心作画过程中的享
受与快乐。吾尝有言，无所求方能有所成。今观北洋君之
所为，或有大成者可期焉。

人生少年谁无梦，唯有执着竟其功。风流回首繁华地，
化作山水笑谈中。聊以此篇敬祝北洋君创作出更多好画，
身心畅快，圆梦欢乐！

蔡铭泽
2008 年 9 月于广州暨南园

（原载《茂名日报》，2008 年 10 月 29 日）

附　录：

蔡铭泽著述目录一览

著作：

序号	名称	出版社（刊物）	出版时间	字数（万字）
1	《中国国民党党报历史研究》	团结出版社	1998.8	25
	《中国国民党党报历史研究》	团结出版社	2013.3 重印	25
	《中国国民党党报历史研究》	台湾花木兰出版社	2013.9	25
	《中国新闻事业简史》	中国人民大学出版社	1995.11	10
2	《中国新闻事业简史》	中国人民大学出版社	1995.11	10
3	《新闻学概论新编》	暨南大学出版社	1998.9	27
4	《中国近代史记》（参撰）	湖南人民出版社	1989.8	2
5	《中国革命史》（参撰）	吉林文史出版社	1989.8	2
6	《中华人民共和国实录》	吉林人民出版社	1992.10	10
7	《新闻传播学》	暨南大学出版社	2003.9	25
8	《新闻学概论新编》（修订）	暨南大学出版社	2004.8	27
9	《〈向导〉周报研究》	福建人民出版社	2004.8	15
10	《新闻法规与职业道德教程》	复旦大学出版社	2003.9	5
11	《广东省社科志·新闻学》	广东人民出版社	2004.6	3

（续上表）

序号	名称	出版社（刊物）	出版时间	字数（万字）
12	《新闻春秋》论文集（副主编）	四川人民出版社	2003．6	20
13	《新时期广东报业发展研究》	福建人民出版社	2006．4	30
14	《新闻细语》	南方日报出版社	2007．5	20
15	《新闻传播学》修订本	暨南大学出版社	2007．12	30
16	《新闻传播学》第三版	暨南大学出版社	2010．9	30
17	《兴稼细语》	暨南大学出版社	2012．2	20
18	《兴稼细语》（增订版）	暨南大学出版社	2015．6	19
19	《兴稼传播史论集》	暨南大学出版社	2012．12	34

论文：

序号	名称	出版社（刊物）	出版时间	字数（万字）
1	邓中夏和早期工人运动	工人日报	1980.10.19	0.3
2	评陈独秀的两篇重要文章	湘潭大学学报	1983.3	0.9
3	向警予研究中的几个问题	求索杂志	1985.5	0.5
4	论共产党在一战中的策略	湘潭大学学报	1986.4	0.9
5	《向导》周报几个问题的辨析	党史研究资料	1987.5	0.4
6	论陈独秀右倾错误的原因	湘潭大学学报	1987增刊	1.1

（续上表）

序号	名称	出版社（刊物）	出版时间	字数（万字）
7	评《爱国将军冯玉祥》	民国档案	1988.2	0.3
8	谁锁住了真理的声音？	社会科学报	1989.1.19	0.2
9	近代中国农民的历史变迁	湘潭大学学报	1989.2	0.9
10	论《向导》周报对一战的指导	新闻研究资料	1989.6	1.1
11	论《向导》对革命的理论贡献	湘潭大学学报	1991.3	0.9
12	《向导》为何未刊完农考报告	新闻研究资料	1991.8	0.4
13	报禁解除后的台湾报界	新闻出版报	1992.2.19	0.3
14	中国国民党党报述略	新闻研究资料	1992.3	1.6
15	台湾"报禁"纵横谈	编辑之友	1992.6	0.7
16	论《向导》对北伐的指导	《向导》70年文集	1992.7	1.5
17	上海民国日报的法治宣传	新闻研究资料	1992.9	0.8
18	评《毛泽东的早年和晚年》	中共党史通讯	1993.4.10	0.1
19	抗战时期国民党报的发展	新闻大学	1993.6	1.1
20	论新闻界的反右派斗争	新闻研究资料	1993.6	1.1
21	江青批"武训"	山西发展导报	1993.12	0.4
22	论30年代的舆论环境	中国人民大学学报	1994.3	1.2
23	论国民党党报企业化经营	新闻大学	1994.4	0.6
24	论市场经济下新闻事业的发展	广州师范学院学报	1994.4	1.0

（续上表）

序号	名称	出版社（刊物）	出版时间	字数（万字）
25	论国民党党报的特色	学人	1994. 5	1.8
26	国民党地方党报建立和发展	广州师范学院学报	1995. 1	1.0
27	论国民党党报企业化经营体制	新闻与传播研究	1995. 2	1.2
28	30年代国民党新闻政策演变	新闻与传播研究	1996. 2	1.2
29	《南风窗》杂志的精品意识	岭南新闻探索	1996. 3	0.5
30	求真务实	岭南新闻探索	1998. 1	0.5
31	抗战时期国民党人的新闻思想	新闻与传播研究	1998. 3	0.9
32	专制主义政策与新闻自由运动	香港中华书局	1999. 9	1.0
33	新闻界的反右派斗争及其教训	新闻大学	2000. 春	0.9
34	羊城报业新天地	新闻记者	2000. 3	0.6
35	舆论监督"步步高"	新闻记者	2000. 6	0.6
36	新闻规避：不可忽视的话题	新闻记者	2000. 10	0.6
37	论新闻界的拨乱反正	新闻大学	2001. 春	1.2
38	尊重记者的采访权	南方新闻研究	2001. 1	0.3
39	"入世"与新闻教育的关系	岭南新闻探索	2001. 1	0.7
40	把握时代脉搏，描绘南粤新篇	南方新闻研究	2001. 3	1.1

（续上表）

序号	名称	出版社（刊物）	出版时间	字数（万字）
41	增进市场意识，改进新闻教育	新闻大学	2001.冬	0.8
42	舆论监督与新闻规避论略	亚洲研究	2001.39	1.2
43	高歌唱大风	南方新闻研究	2002.3	0.8
44	高度如何决定影响力	南方新闻研究	2002.5	0.6
45	新时期新闻批评的恢复和发展	新闻大学	2002.冬	0.6
46	羊城十日观报记	中国记者	2003.4	0.3
47	析广州三大报"非典"报道	新闻大学	2003.夏	0.6
48	新闻：从"批判"到"批评"	新闻春秋	2003.6	1.2
49	新闻改革学术研讨会年会总结	新闻春秋	2003.6	0.3
50	《头版头条的学问》的序言	南方日报出版社	2003.9	0.7
51	《都市文萃》序言	花城出版社	2003.11	0.5
52	风雨现彩虹	岭南新闻探索	2004.3	0.7
53	展现西南出海大通道壮丽画卷	人民日报出版社	2004.3	0.5
54	增强市场意识，改进新闻教育	兰州大学出版社	2004.4	1.0
55	广东报业发展历程及其特色	新闻与传播评论	2004.10	1.8

（续上表）

序号	名称	出版社（刊物）	出版时间	字数（万字）
56	新闻彰显人性美	策划大道	2004.11	0.5
57	清丽高雅，赏心悦目	策划大道	2004.11	1.1
58	细微之处见精神	新闻界	2005.2	0.5
59	南方日报农业生产责任制报道	暨南学报	2005.2	0.8
60	彰显人文关怀，构建和谐社会	岭南新闻探索	2005.3	0.6
61	大人物看小节	新闻爱好者	2005.5	0.5
62	新闻学科建设要务实、创新	新闻与写作	2005.11	0.4
63	《老大无悲伤》序言	黑龙江人民出版社	2005.11	0.8
64	刑事案件报道中的人文关怀	新闻天地	2005.11	0.6
65	把春天留住	岭南新闻探索	2006.1	0.8
66	南宋理学家蔡元定生平考异	暨南学报	2006.5	1.0
67	陈谷书序	南方日报出版社	2006.7	0.4
68	关注·思考·成功	花城出版社	2006.7	0.4
69	新闻信息传情简论	岭南新闻探索	2007.专刊	0.8
70	好新闻的基本标准浅议	岭南新闻探索	2007.2	0.6
71	新闻美三谈	岭南新闻探索	2007.5	0.6
72	新闻美谈	新闻记者	2007.9	0.6
73	传播三论	岭南新闻探索	2008.1	0.6

（续上表）

序号	名称	出版社（刊物）	出版时间	字数（万字）
74	文章天成	岭南新闻探索	2008.5	0.3
75	新闻信息传情论	福建师大学报	2009.1	0.8
76	老子传播思想探析	湘潭论坛	2012.6	1.2
77	蔡元定对朱熹理学之贡献	湖湘论坛	2013.6	1.0
78	《兴稼细语》约100篇	南方日报、广州日报、羊城晚报、茂名日报、惠州东江时报、汕尾日报、暨南大学报等	历年	约25